COCKTAIL MORTEL À COGNAC

ROMAN

www.labouinotte.fr

Collection Estran Noir

ISBN : 978-2-36975-249-3
Coordination éditoriale : Gilles BOIZEAU
Composition couverture : Isabelle GAUDIN-FOMPROIX
Illustration couverture : Emma FERNANDEZ / Isabelle GAUDIN-FOMPROIX
Composition : Aurélie CAMARASA / aurelie.camarasa@yahoo.fr
Réalisation carte : Christophe GIRAUD

Remerciements de l'éditeur à Pierre BELSŒUR,
Mauricette BOIZEAU et Christian PINEAU

Fabrice DAYRON

COCKTAIL MORTEL À COGNAC

ROMAN

Éditions La Bouinotte
Châteauroux
2024

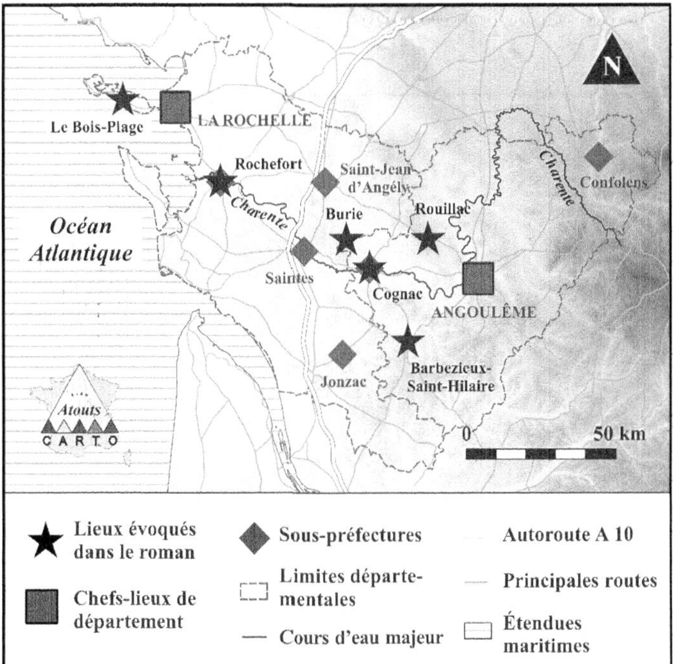
N
Le Bois-Plage
LA ROCHELLE
Rochefort
Saint-Jean-d'Angély
Charente
Océan Atlantique
Burie
Rouillac
Confolens
Saintes
Cognac
ANGOULÊME
Jonzac
Barbezieux-Saint-Hilaire
Atouts CARTO
0
50 km
Lieux évoqués dans le roman
Sous-préfectures
Autoroute A 10
Limites départementales
Principales routes
Chefs-lieux de département
Étendues maritimes
Cours d'eau majeur

1

Vendredi 31 mai 2019
10 h 30

Pierre Hénaut roulait vite, trop vite. Il venait de passer le pont de l'île de Ré et suivait la rocade de La Rochelle pour se diriger vers Cognac, sa destination finale. Sur les voies d'en face, le trafic se chargeait irrémédiablement. Depuis mercredi soir, des hordes de touristes gagnaient l'île pour le long week-end de l'Ascension. Il faudrait bientôt plus d'une heure pour passer le péage du pont.

Pierre leva le pied. Devant lui, un utilitaire barrait la voie de gauche, l'obligeant à réduire son allure. Au volant de sa jolie voiture de collection, Pierre ne connaissait pas les bienfaits du régulateur de vitesse. Il bénit la technologie en croisant, deux cents mètres plus loin, l'un des radars qui constellent la rocade rochelaise.

Il considéra le sac en papier de la boulangerie posé sur le siège passager et décida de le déposer au sol, sous le tableau de bord. Il ne tenait pas à maculer la sellerie cuir de sa 504 coupé d'une tâche de gras. Il était comme ça, Pierre, attentif à lui et à ses affaires, soigneux, un tantinet maniaque.

Qu'allait-il faire de ses chocolatines, maintenant ? Elles ne lui serviraient à rien. Il avait l'estomac noué et ne pourrait rien avaler avant un long moment. Les offrirait-il à Sonia, au bureau de la rédaction ? Joubert serait-il là ? Pas évident, à la veille d'un long week-end, même si les journalistes ont un métier chronophage et un rythme de vie rien qu'à eux. Il l'appellerait tout à l'heure, ou bien il le verrait. Les choses étaient confuses dans son esprit.

Pierre roulait vite, trop vite. Il fuyait.

2

Le Bois-Plage-en-Ré
Jeudi de l'Ascension
30 mai 2019
23 heures

Il adorait sentir le va-et-vient de son bassin dans le mouvement incontrôlé de l'orgasme, quand le plaisir prend possession du corps. Elle avait joui longuement dans sa bouche. Antoine la caressa encore, doucement, du bout de sa langue avant de remonter le long de son corps. Un long frisson l'envahit quand il vint en elle. L'enfant dormait à côté, tout à côté, il ne fallait pas faire de bruit. Le duvet glissait sur le matelas pneumatique. Le grand air, le camping, les chambres d'hôtels, les voyages avaient toujours été d'excellents stimulants de leur vie sexuelle.

Ce week-end, Claire et Antoine avaient opté pour la vie sauvage. La petite Gisèle semblait apprécier et dormait comme un loir. Une journée entière à se dépenser entre dune, sable et forêt l'avait épuisée. Ce long week-end leur ferait du bien. Elle en avait besoin. Claire devait digérer ses dernières contrariétés et repartir.

Elle trouverait la solution. Le bruit des vagues, la mer toujours recommencée accompagnaient le doux va-et-vient d'Antoine. Claire se reliait à la nature.

Elle sentit son sexe durcir. Le souffle d'Antoine devint rauque. Il étouffa un râle et se coucha sur elle. Claire aimait sentir son corps contre sa peau. Il l'embrassait à petites touches dans le cou jusqu'au lobe de l'oreille et chuchotait son prénom.

Leurs corps se séparèrent. Sous la tente obscure, la lune laissait deviner leurs formes. Antoine avait glissé son bras sous le cou de Claire. Gisèle dormait. Les yeux fermés, il se laissait envahir d'une agréable langueur. Claire attrapa la frontale sous le matelas. Elle irait s'accroupir dans les fougères et reviendrait bien vite. À son retour, Antoine dormirait très certainement.

3

Région de Cognac
Vendredi 31 mai 2019
7 heures

Son épouse était encore au lit. L'homme se levait invariablement tôt. Ses enfants, quand ils étaient petits, avaient anéanti ses désirs de grasse matinée. Cela faisait bien longtemps maintenant, et de toute façon, l'homme n'appréciait pas de traîner au lit le matin. Il scrutait le miroir de la salle de bains. Le portrait qui lui faisait face lui convenait. Pas mal pour un type de soixante piges. Soixante-dix kilos pour un mètre soixante-quinze. La nature lui avait laissé sur la tête une toison foisonnante où le sel gagnait gentiment sur le poivre. L'homme se surveillait sans cesse : pas trop de gras, pas trop de sucres, pas trop de viande, jamais de frites... pas facile quand la vie se jouait entre déjeuners de travail, dîners en ville, inaugurations et cocktails. Mais il avait tenu bon. L'homme avait une sainte horreur des gens qui se laissent aller. Il avait eu raison d'arrêter la cigarette. Vingt ans bientôt. Il n'aurait pas supporté de ressembler à tous ces vieux fumeurs à la peau terne et plissée, au souffle court, à la voix rauque, obligés de sortir en s'excusant presque pour aller tirer sur leur clope, dans le froid, sous le vent ou la pluie.

Il avait définitivement choisi le bon camp. Encore une fois. Il n'aurait rien changé de ses choix ce vendredi matin, seul devant la glace. Il entendit les draps bouger. Catherine allait se rendormir. Il faudrait qu'elle lui épile les oreilles tout à l'heure. Il reprit son monologue intérieur. Le sujet le passionnait : lui. Beau parcours. Belle réussite. Un corps préservé de la fatigue physique. Des mains qui n'avaient jamais souffert que des rigueurs du temps qui passe, pas de celles du temps qu'il fait. Des mains qui n'avaient jamais souffert du travail. Enfin si, la gauche avait souffert. La dernière phalange de l'auriculaire était passée dans la scie à ruban de l'atelier où il avait travaillé cet été 1977. Un boulot comme un autre pour gagner quelques sous, payer les pleins de sa mob, son permis et des clopes qui ne coûtaient presque rien à l'époque. L'homme, qui tenait beaucoup à lui-même, s'était juré que jamais plus il ne mettrait son corps en péril pour gagner son pain. Il fixa sa main blessée dans le miroir. Heureusement, c'était la gauche. Là encore, il avait tenu serment. Par la force de son seul esprit, de ses calculs, de ses choix, de ses trahisons disaient les jaloux et ses adversaires, il avait pu en arriver là. Ce qu'il avait fallu de sacrifices et de renoncements. Ce n'était sûrement pas pour se laisser emmerder comme ça. Dmitri l'avait assuré que le dossier serait traité avant la fin du week-end. Catherine l'appela. L'homme croisa son regard noir dans le miroir. Il n'appréciait pas d'être ainsi interrompu en pleine contemplation. Il allait descendre préparer le café, cela lui laisserait encore un peu de temps pour songer à tout cela. Il déposa un baiser sur le front de son épouse.

— J'allais préparer le café. Prends ton temps.

Comment pouvait-on aimer paresser ? L'homme ne le comprenait pas. S'il avait autant dormi, il n'aurait jamais emmené toute sa famille là où il l'avait conduite, à la réussite et à la notoriété. Il considéra sa main gauche mutilée et se dirigea vers l'escalier. Dans quelques années peut-être ils installeraient leur chambre au rez-de-chaussée. Il détestait l'idée d'être vieux. Il aimait tenir les rênes. Son heure n'avait pas sonné, n'en déplaise à ceux qui avaient voulu l'enterrer un peu trop tôt. Leur nouveau monde, il n'y croyait pas. Derrière les discours et les incantations, le monde reste le monde. Il suffit de savoir prendre le vent. Anticiper. Réfléchir. Se positionner. L'homme n'avait jamais commis de faux-pas. Tous les mange-merde qui piaffaient devraient le supporter encore longtemps, la place ne serait pas libre de sitôt.

Avant la fin du week-end, avait dit Dmitri.

4

Le Bois-Plage-en-Ré
Vendredi 31 mai 2019
7 h 15

Gisèle avait poussé un petit cri. Antoine ouvrit discrètement un œil sans bouger pour ne pas donner à l'enfant le signal du réveil. Manifestement, Claire était sortie. Le jour avait percé sous la tente. Quelle heure était-il ? Il fallait qu'il essaie d'attraper son portable sans faire de bruit. Gisèle n'était pas dans sa chambre aux volets bien fermés. Satanés volets. Il faudrait qu'il les repeigne cet été. Tous. Heureusement que l'Éducation Nationale lui assurait deux mois de vacances. Il n'en aurait pas de trop avec toutes ces choses à faire dans la maison.

Gisèle gazouillait. Elle s'était endormie tard hier soir. Il réussit à mettre la main sur son iPhone : 7 heures et quart. Un peu tôt. Il aurait bien voulu qu'elle dorme plus longtemps. Encore un peu, rien qu'un peu ma chérie. Il ferma les yeux, comme pour encourager sa fille. Elle ne le voyait pas, mais il devait pouvoir réussir à insuffler du calme dans cette chambre claire. Claire.

Ils avaient fait l'amour hier. C'était doux, enivrant, délicieux. Il n'arrivait pas à se lasser du corps de sa femme. Bon sang, 7 heures et quart et Claire était déjà debout. Elle avait dû aller chercher les croissants. Elle était belle. Ses hanches. Sa peau blanche et délicate. L'enfant bougea à nouveau. Antoine devait se calmer. Penser à autre chose. Est-ce qu'ils allaient lui refiler encore des tonnes de copies cette année ? Avec Gisèle à la maison, ce n'était pas simple de corriger, les épreuves du bac de français. Et combien d'oraux à faire passer ? Antoine ne bandait plus du tout. *Chocolatine. J'espère qu'elle m'aura pris une chocolatine.* Gisèle gazouillait. Ils avaient réussi à monter le lit parapluie à l'intérieur de la tente. À travers le filet qui servait de paroi, Antoine voyait sa fille bouger les jambes. *Rendors-toi ma puce.* Prière intérieure et vaine. Son père l'aiderait peut-être pour les volets. Pas facile de mettre la main dessus depuis qu'il était à la retraite. De ses petits ongles, Gisèle grattait maintenant le filet de son lit. Que feraient-ils aujourd'hui ? C'était si sympa le camping sauvage quand le soleil était de la partie. Un peu de vélo ce matin, sûr. Le marché au Bois-Plage. Un déjeuner tout simple. Ils n'avaient à disposition ni eau ni électricité sur le terrain, on resterait dans les basiques. Peut-être pousseraient-ils jusqu'à Saint-Martin. Ou alors cet après-midi. Une glace à La Martinière ? Et ses bourrelets ? Claire les aimait bien. Mais lui n'aimait pas se voir s'arrondir. 39 ans cet automne. Purée... Putain même, il pouvait le dire, Gisèle n'écoutait pas ses monologues intérieurs. Trente-neuf années au compteur. L'an prochain, il aborderait à l'aigre rivage de l'âge canonique. Pourtant, il se sentait jeune. Il trouvait que son père était vieux quand il avait organisé une fête pour ses quarante ans. Antoine en avait 15 à peine à l'époque. Les choses n'existent pas, seule existe la perception que nous en avons... Pourquoi le français ? Pourquoi n'avait-il pas fait philo ? Quelle couleur voudrait Claire pour les volets ? Gisèle était définitivement réveillée.

— Bonjour mon bébé.

L'enfant gazouilla et lui tendit les bras en retour. Il la prit contre lui et se blottit sous le duvet. Il faisait encore un peu frais. Ils joueraient aux comptines, Gisèle adorait et Antoine en connaissait des tonnes. « Tourne, tourne, joli moulin... ». L'enfant bougeait ses bras en esquissant un mouvement de rotation malhabile.

5

Cognac
Vendredi 31 mai 2019
7 h 20

François émergea d'un sommeil inconfortable. Il s'était encore endormi tout habillé sur le canapé. Il scruta le cendrier jamais nettoyé. Un mégot de roulé traînait sur le bord. Un jour, il lui arriverait des bricoles. Il avait bien eu connaissance au journal de faits divers sordides, de types à moitié bourrés qui s'endormaient la clope au bec et mettaient le feu à leur logement. *Ça aurait de la gueule,* pensa-t-il, *une sortie de scène en forme d'ultime crémation.* Il pourrait certainement composer quelques strophes sur le panache du départ. Mais lui ne buvait pas. C'est peut-être ce qui rendait ses vers si insipides aux yeux des autres. L'autre explication, c'était que le monde manquait de talent pour ne pas reconnaître le sien. Il aimait bien ce côté artiste maudit. Après tout, Van Gogh n'avait vendu qu'une seule toile de son vivant, Proust avait dû se publier à compte d'auteur… l'histoire de l'art fourmillait d'exemples de cette sorte. Il marchait peut-être dans les traces d'illustres prédécesseurs.

Quelle que soit l'explication, la certitude était que la gloire n'étouffait pas François Loriot, 33 ans, journaliste à *La Charente Libre*. Il pondait de la prose au kilomètre pour rapporter les petites choses qui font le quotidien d'un titre régional : un nouveau boulodrome, le bilan de la dernière saison touristique, les querelles de clocher, les prochains contrôles de vitesse, l'inexorable poussée du Rassemblement National dans les campagnes… Tout ça, il savait faire. Il s'en sortait même pas mal. C'était son métier que d'écrire. Mais c'était bien plus que son métier. C'était sa vie.

François vivait pour ses poèmes. Il avait parfois réussi à s'en faire prendre un ou deux dans une publication d'été ou un supplément culture. Il avait bien tenté d'adhérer au cercle de poésie de Cognac. Rapidement, il avait déserté un club de profs en retraite qui faisaient rimer minium et géranium et s'écoutaient poliment entre deux crises d'arthrose, de rhumatisme ou de prostate. Tant pis.

Il continuerait seul. C'était peut-être son destin. Il alimentait son blog. Parfois un copain partageait sur sa page Facebook. Il ne guettait plus les commentaires. C'était toujours « Joli, François », « Plein de tendresse ». Concon ou mièvre, il hésitait. Celui qui l'avait le plus mis en rogne était Bryan016 qui avait osé poster : « Pa mal écris ». Abruti ! Commence donc par apprendre à écrire avant de donner ton avis ! Pas étonnant qu'il attende dans l'antichambre de la notoriété avec une telle bande de têtes de nœuds sur la toile. Les réseaux sociaux pouvaient signifier la gloire. François déplorait qu'ils servent de vitrine et d'exutoire à de fieffés crétins. Les Facebook et autres étaient surtout un effroyable propagateur de la vulgarité, de la misère, la vraie, pas celle qui vous prend à l'estomac, mais la misère de l'esprit.

Il continuerait seul. C'était sans doute son destin. Il jeta machinalement un coup d'œil à son portable. Claire n'avait pas appelé. Elle n'avait aucune raison d'appeler.

Il continuerait seul. C'était son destin. Ça le serait d'autant plus que jamais il n'oserait lui dire quoi que ce soit. Poète maudit. Amoureux secret. Antoine était presque un pote. Il ne pouvait pas lui faire ça. Et comment réagirait Claire ? Elle le prendrait pour un fou, un vicieux. Elle lui fermerait sa porte. L'ambiance deviendrait insupportable à la rédaction. Ils partageaient le même bureau. Tant qu'il ne lui disait rien, au moins, elle lui appartenait. En secret. Dans l'ombre. Rien que pour lui. Elle lui procurait sans le savoir un matériau brut et magnifique pour noircir quelques pages de cahiers. Il écarta le plaid sous lequel il s'était emmitouflé et reprit ses notes de la nuit.

« En forme d'acrostiche
Cela fait bien
Longtemps, longtemps, douce
Amie, que je ne pense qu'à toi
Inavouable secret
Rangé au fond de mon cœur
Ecorché de ton absence »

Pas mal. Il avait appuyé avec son crayon sur la première lettre de chaque vers. On y lisait à la verticale le prénom de Claire. François était content de lui. Il se leva, engourdi et sale de la veille. Il déchira la page proprement. Sur la table qui lui servait à prendre ses repas, entasser son courrier et quelques dossiers, écrire ou travailler, il prit la boîte de punaises, ouvrit la porte des toilettes, leva l'abattant, s'assit et fixa au mur sa dernière création.

Vingt-huit. Il savait que c'était le vingt-huitième acrostiche qu'il punaisait sur le mur de ses chiottes. Il ne put s'empêcher de les compter à nouveau. Il en relut quelques-uns. Il les connaissait presque tous par cœur. Il revenait souvent à ses acrostiches. Heureusement qu'il pissait assis. Cela lui donnait du temps pour s'adonner à la lecture. Le représentant départemental de MG France, le syndicat des médecins généralistes, lui avait refilé le tuyau un jour d'interview sur le dépistage du cancer de la prostate. Il paraît que ça augmente la durée de vie de l'organe. L'activité sexuelle également. De ce côté-là, François gagnait sur le trône ce qu'il perdait en solitude.

Il jeta un coup d'œil à son portable. Rien ne pressait. Il devait se rendre à la plage de Jarnac. Il en tirerait un papier pour l'édition de samedi. La plage de Jarnac grouillerait de monde par cette belle journée de printemps. Amusant son côté « popu », guinguettes et demis servis dans des gobelets en plastique. Les locaux qui avaient un peu de sous avaient gagné leur maison de Royan. Ce trou du cul de Jamet devait en être. Le temps était magnifique. Il penserait à Claire, à l'île de Ré. Le sable de Jarnac était certes moins glamour. Claire n'appellerait pas pour lui refiler un tuyau, venir la chercher parce qu'elle était encore tombée en panne ou lui parler du boulot. Elle était partie en week-end prolongé. Claire à Ré. Raie de Claire. Apollinaire ou Marot en aurait fait un sonnet. Pourquoi la poésie empêcherait-elle de penser à ce sujet primordial : le cul ? François s'allongea sur son lit et glissa sa main sous son ventre.

6

Cognac
Vendredi 31 mai 2019
7 h 30

Louis Jamet scruta le radio-réveil posé sur la table de nuit. Sept heures et demie. Les enfants étaient toujours surpris de voir cet objet sorti du passé trôner dans la chambre de leur père. Louis était pourtant un fondu de technologie. Il était équipé en Apple de la tête aux pieds : iPhone (toujours le dernier modèle bien sûr), iWatch, iPad, Mac Book pro pour bosser, iMac 27 pouces à la maison… Louis guettait sans cesse la moindre innovation et accueillait les enfants avec une pointe d'excitation chaque fois qu'il devait leur présenter un nouveau joujou. Ça, c'était les week-ends où les enfants étaient avec lui : un week-end sur deux et la moitié des vacances scolaires.

Ce long week-end d'Ascension, ils étaient chez leur mère. Dans le lit à côté de Louis, c'était… C'était qui ? Merde, Louis ne se souvenait pas de son prénom ! Le radio-réveil ne lui donnerait pas la réponse : il aurait fallu qu'il regarde sur Tinder le nom de son dernier rancard. Mais Louis s'en foutait. Tinder, c'était fait pour baiser, pas pour chasser de la légitime épouse ou de la mère de famille en puissance. S'encombrer avec une nana, ce n'était pas son truc à Louis. Ça lui avait coûté assez cher comme ça la première fois. Et puis celle qui avait dormi-là n'était pas mémorable. Il lui toucha l'épaule :

— Salut. Il va falloir que tu y ailles, j'ai du boulot aujourd'hui.

La femme émergea. Les cheveux en bataille, elle sentait l'oreiller. Elle aurait calmé les ardeurs de Louis si jamais il en avait éprouvé. Elle tourna sa tête par-dessus son épaule vers l'homme. *Encore un mufle*. Décidément. Elle le savait. Elle l'avait bien senti hier soir. Avant qu'elle pût parler, son regard attrapa les chiffres à cristaux liquides rouges du radio-réveil qui marquaient 07:32

— Un radio-réveil ?! T'as un radio-réveil ? Je savais pas que ça se faisait encore ce genre de truc !

Louis n'avait aucune envie de lui expliquer que non, bien sûr, ça ne se faisait plus, mais quand il avait fait sa communion en 1996, sa Mamie Renée lui en avait offert un. Il adorait sa Mamie Renée et il avait toujours gardé son radio-réveil. Au mois de novembre 2018, il avait même traversé un long morceau de Charente en jouant au chat et à la souris avec les barrages de gilets jaunes pour aller trouver à Ruffec un type un peu perché qui collectionnait les vieilleries et savait réparer des antiquités comme le radio-réveil de Mamie Renée. Mais l'autre, là, « Machine », il fallait bien lui trouver un nom, elle n'avait rien à faire dans le sanctuaire de l'intimité familiale. Louis n'allait certainement pas lui raconter Mamie Renée. Elle ne méritait pas de connaître Mamie Renée. D'ailleurs, sûrement que Mamie Renée s'en battait l'œil de Machine. Elle allait disparaître aussi subrepticement qu'elle était apparue. Elle ne saurait pas pour les galettes charentaises de Mamie Renée pas plus que pour son petit verre de cognac qui clôturait le repas du dimanche jusqu'à ses 92 ans passés. Elle ne saurait pas que Louis en avait apporté une mignonnette en loucedé, ce dernier dimanche, le 13 octobre 96. Mamie Renée était partie en tenant la main de son petit-fils qui pleurait comme une madeleine. Les sœurs de Louis n'étaient pas là. Sa mère n'était pas dans les meilleurs termes avec sa belle-mère et son père devait encore serrer des pognes dans une quelconque « Foire aux Boudins ». Elle n'avait pas le droit de savoir tout ça Machine. Pourquoi est-ce qu'elle lui demandait d'ailleurs ? Elle commençait à le gonfler sérieusement avec toutes ces questions. Personne ne lui avait donc jamais dit que la curiosité est un vilain défaut ?

— Ben si, ça se fait encore, tu vois !

Le bruit de la chasse d'eau lui parvint.

— Qu'est-ce que tu dis ? l'interrogea-t-elle en revenant dans la chambre.

Louis ne s'était pas aperçu que Machine s'était levée avant qu'il ait eu le temps de lui répondre.

— Je disais que j'ai vachement de boulot aujourd'hui.

— Oui, c'est bon j'ai compris, je me tire !

Machine enfila son jean et son petit haut froissé, enfouit son soutien-gorge dans son sac à main qui attendait au pied de la console de l'entrée. Elle claqua sans heurt la porte d'entrée en lâchant un « Bon ben salut ! » qui n'appelait pas de réponse.

« Bon débarras » pensa Louis. Il jeta un nouveau coup d'œil au radio-réveil. 07 : 41. Pas d'effusions, pas de pathos, pas de faux serments ni de promesse à trahir. Leur rencontre avait été simple et efficace. Elle était plutôt cool Machine en fait. Il s'allongea en gardant les yeux ouverts sur le plafond tendu. Un long week-end tranquille de célibataire ! Il passerait au bureau ce matin. Il avait imposé une RTT à tout le monde. Il ne verrait ni clients, ni collaborateurs, sauf Maud qui serait peut-être là pour boucler un dossier. Maud ne faisait que bosser. Il aurait le temps de regarder tranquillement ce qu'il n'avait fait que survoler la semaine. Sa double casquette d'entrepreneur lui laissait peu de répit. Certes, il n'avait pas bâti un empire, mais ses deux petites entreprises prospéraient. Louis ne se sentait pas l'âme d'un Bolloré ou d'un Bernard Arnault. Il était un peu trop orgueilleux pour admettre qu'il n'en avait pas non plus l'étoffe. Il avait de quoi s'assurer un train de vie confortable, le reste, c'était de la littérature.

Il passerait au bureau et irait faire un tour au club de tir. Ça le détendait, ça canalisait son énergie. Il préférait les gros calibres aux clubs de golf, chacun son truc. Il déjeunerait sûrement au Globe, l'un des cafés en vogue de la place François Ier où se retrouvaient professions libérales, entrepreneurs et commerçants de Cognac. Ce soir il dînait chez Jean-Baptiste et Sophie. Les Huvier seraient sûrement là. Louis leur montrerait son dernier coupé Porsche Macan. Huvier ferait moins le fier avec son Maserati Levante. Et demain, quand la horde des touristes aura libéré la route, il pousserait sûrement jusqu'à Royan. Pas un nuage dans le ciel, au propre comme au figuré, Louis se réjouissait à l'avance de ces quelques jours de repos.

7

Le Bois-Plage-en-Ré
Vendredi 31 mai 2019
7 h 45

— Pépette ! Viens ma Pépette !

Comme tous les matins, Marie-Dominique promenait Trompette, son golden retriever. Trompette, Pépette pour sa maîtresse, égayait les jours et protégeait les nuits de Marie-Dominique, installée seule sur l'île de Ré, dans sa maison du Bois-Plage, à deux pas de la plage de Gros Joncs. Trompette tenait compagnie à Marie-Dominique quand l'île ressemblait à un désert, d'octobre à avril. Elle montait la garde car ses voisins n'habitaient pas là à l'année. Ils passaient parfois à la morte saison, mais ne restaient jamais guère plus de trois ou quatre jours, parfois une semaine.

Marie-Dominique possédait un trousseau des clés des trois maisons voisines. Il lui arrivait de rendre de petits services : ouvrir à une entreprise qui venait pour quelques menus travaux, mettre le chauffage en route avant l'arrivée des enfants à Noël pour qu'ils ne rentrent pas dans une maison qui commencerait à se réchauffer au moment du départ, aller vérifier que le disjoncteur avait bien été abaissé au moment du départ… Marie-Dominique s'était en revanche toujours refusée à recevoir et installer les locataires saisonniers ou, pire encore, à procéder à l'état des lieux. Ce n'était pas son rôle de voisine, et puis cela aurait pu perturber son rythme quotidien qui variait peu malgré les saisons. Un rythme bâti autour de Trompette, qui avait droit à ses deux promenades quotidiennes, à ses croquettes à heures fixes et à un fauteuil rien que pour elle dans le salon.

Autour de sept heures et quart, chaque matin, Marie-Dominique et sa chienne partaient en balade. Elles descendaient la route de Gros Joncs jusqu'à la plage, longeaient la mer vers l'est jusqu'au Pas des Bœufs et coupaient à travers la dune pour retourner à la maison. Une bonne demi-heure de marche sous le soleil, le vent ou la pluie que Pépette réclamait immanquablement une fois la vaisselle du petit-déjeuner rangée. Marie-Dominique comptait aussi sur sa chienne pour faire de l'exercice et se tenir en forme le plus longtemps possible : ce serait pour elle un déchirement de quitter sa maison mais à 70 ans passés, il n'en était pas question. Pas encore du moins. On est jeune de plus en plus longtemps de nos jours. C'est l'avis de tous ceux qui vieillissent.

En remontant le Chemin de la Pierre qui Vire pour s'en retourner chez elle, elle longeait les terrains où des mordus du camping sauvage venaient passer un week-end, quelques jours, parfois des semaines entières. C'était presqu'une institution du Bois-Plage que ces terrains de loisirs. Il fut un temps où la mairie leur aurait bien fait la peau, mais les propriétaires s'étaient regroupés en association de défense. À force de dialogue, parfois un peu âpre, tout le monde s'était retrouvé sur le souci de préserver la nature et le caractère sauvage de l'endroit. Les propriétaires de terrains veillaient à ce qu'ils soient entretenus, que les déchets ne traînent pas. L'interdiction de faire du feu était scrupuleusement respectée et l'esprit d'entr'aide régnait dans ce qui aurait pu ressembler au village d'Astérix des aficionados de la vie sauvage.

Marie-Dominique aimait la nature mais n'aurait pas pris la place des campeurs pour autant. Elle ne se trouvait pas particulièrement bégueule, Marie-Dominique, mais tout de même... À les écouter, les occupants vivaient dans un petit coin de paradis : un grand terrain, des pins, des fougères, la mer au bout du chemin dont le roulis berçait le sommeil des occupants, quand ce n'était pas le vent. On était connecté à la nature, on vivait au rythme de la météo et du soleil. Ça c'était pour les cartes postales qu'on envoyait aux copains. Car en même temps, le paradis, c'était sans électricité ni eau courante, avec le seul concours d'un puits d'où les campeurs tiraient une eau au goût de sel qui devait assurer la cuisine et l'hygiène. Quant à la météo, elle savait parfois se montrer bien capricieuse...

De temps à autre, de l'autre côté du chemin, Marie-Dominique longeait une maison, une vraie, avec tout le confort. Les règles d'urbanisme recèlent parfois de mystères inaccessibles au commun. La tendance à l'île de Ré était depuis de longues années de bloquer tant que possible toute construction. Le louable souci de préserver les paysages et le caractère de l'île faisait de gens simples comme Marie-Dominique des rentiers assis sur des tas d'or. Tout cela parce qu'ils avaient acheté au bon moment. Jean-Pierre avait eu le nez fin, pour une fois, ce con. Un client de la banque qui ne pouvait plus payer ses traites. Ils étaient passés devant tout le monde. Tant mieux pour eux. Et quand il s'était barré, c'était elle qui avait gardé la maison du Bois-Plage. Tant pis pour lui. *Fallait pas te tirer, Ducon !* vociféra Marie-Dominique in petto.

Elle se reprit. Oui, ce n'était pas bien d'en être encore-là. Jean-Pierre était parti en 95. Ça fera vingt-cinq ans l'année prochaine. Les enfants, Carole surtout, avaient arrêté de lui seriner qu'il fallait passer à autre chose. Ils l'en savaient incapable. Autre chose ? Autre quoi ? Autre mec ? Ah, ça, sûrement pas ! Bon sang, qu'elle était chatouilleuse sur le sujet ! Elle en avait oublié sa Pépette qui lui avait échappé du regard. Où était-elle donc passée ? Avec tous ces campeurs, elle avait dû renifler des restes. Elle devait être en train de s'empiffrer en douce. Quel ventre sur pattes que cette Pépette ! Elle était même capable d'attaquer les sacs poubelles si le contenu l'alléchait.

— Pépette ! Viens ma Pépette !

Pépette aboya. Elle était entrée sur un terrain privé. En même temps, il n'y avait pas de barrière, Pépette ne pouvait pas le savoir. Marie-Dominique, elle, connaissait les propriétaires : des Charentais des terres qu'on voyait peu dorénavant mais qui avaient assidûment fréquenté l'endroit. C'était maintenant au tour de la troisième génération de passer parfois quelques jours au terrain. La petite-fille des propriétaires. Elle avait eu un garçon l'an dernier ou il y a deux ans. À moins que ce ne soit une fille. Marie-Dominique ne se souvenait plus bien, mais elle se rappelait parfaitement des limites du terrain, et elle savait que Pépette était en pleine violation de domicile.

— Pépette ! Viens ma Pépette ! Allez viens ma fille.

La chienne ne bougeait pas. La queue en l'air, elle appela de nouveau sa maîtresse. Marie-Dominique hésita d'autant plus que la petite-fille en question devait être là. Une voiture, une Peugeot 2008, la même que la sienne, était garée sur le terrain. Un écusson « 16 » ornait la plaque d'immatriculation. Sûr, la petite-fille était venue. Il fallait arbitrer : se faire complice du délit de sa chienne et rentrer sur le terrain la chercher ou crier comme une damnée sur Pépette au risque de réveiller tout le campement. À tout considérer, ils se connaissaient un peu, elle ne lui en voudrait pas, c'était juste pour aller chercher sa chienne.

— Alors ma Pépette, qu'est-ce qui t'....

Marie-Dominique n'eut pas le temps de finir sa phrase qu'elle se mit à hurler. Là, devant elle, elle était nue, elle était allongée dans les fougères, elle était... Elle cria à nouveau de plus belle. Elle se retourna instinctivement. Il devait être là à la guetter. Elle ne pouvait pas bouger. Elle était tétanisée. Elle se blottit contre sa chienne et ferma les yeux en attendant le coup de grâce.

— Au secours ! Mon Dieu, au secours !

Elle saisit enfin son téléphone et composa le 17.

8

La gendarmerie arriva sur place quinze minutes plus tard à peine. Antoine était en état de choc. Il avait enfilé son pantalon de survêtement et la vieille polaire de Claire qui traînait dans l'entrée de la tente. Les cheveux en bataille avec ses Crocs aux pieds, il ne ressemblait à rien. Heureusement, il avait posé Gisèle dans son lit parapluie avant de sortir quand la dame avait crié dehors. Il était incapable de savoir ce qu'il s'était passé après. Quand la voiture de la gendarmerie entra sur le terrain, il se tenait accroupi, Gisèle dans les bras. Gisèle regardait Pépette avec beaucoup d'intérêt. Marie-Dominique, les yeux braqués sur sa chienne, lui caressait la tête en psalmodiant à voix basse : « Doucement ma Pépette, doucement ».

Une presque gamine en uniforme sortit de la voiture. Marie-Dominique s'avança pendant que la jeune femme donnait l'ordre à ses collègues de l'attendre.

— Bonjour madame. C'est vous qui nous avez contactés ?

— Oui, c'est moi.

— Vous êtes madame ?

— Lesquier. Marie-Dominique Lesquier.

— Majore Labat. Pouvez-vous me montrer l'endroit ?

Marie-Dominique n'avait pas la force d'affronter le corps sans vie de Claire. Elle désigna de la main l'endroit de sa macabre découverte. Mathilde Labat s'y rendit d'un pas décidé. Il ne fallait pas qu'elle flanche. Son premier macchabée. Elle aurait 26 ans en septembre et déjà son premier macchabée. Elle le savait en s'engageant dans la gendarmerie que cela pouvait arriver. Et ces salopards qui la guettaient à l'intérieur de la Mégane bleue. Ils auraient bien aimé qu'elle n'ose pas, qu'elle tombe dans les pommes ou qu'elle fasse demi-tour. Ils seraient trop contents. Ne pas courir non plus. Tenir son rôle. Tenir son rang. Elle s'y était engagée en épousant la carrière de gendarme. Mathilde Labat écarta les fougères. La femme se tenait-là, dans une posture où le sordide le disputait au ridicule. Le visage mi-enfoui dans les fougères, une lampe frontale éteinte qui ceinturait sa chevelure cuivrée et un filet de sang qui suintait depuis la commissure des lèvres, le cadavre exhibait son cul de morte aux premiers insectes pour qui de la viande reste de la viande. Une tache ronde et rouge ornait son dos, à hauteur de la poitrine. Pas de doute, c'était la première enquête de la Majore Labat qui gisait dans les fougères.

Ne pas dégueuler. Il ne fallait pas qu'elle dégueule. Penser à ces machos plus âgés qu'elle qui lui en voulaient d'être leur chef simplement parce qu'elle était une femme, jeune qui plus est. S'occuper. Agir. Appeler le capitaine. La question ne se posait pas.

Décidément, la brigade de Saint-Martin n'était pas une sinécure. Elle n'avait certes pas signé pour une planque, mais elle ne pensait pas que le crime pût tant prospérer ici, si près de chez elle, là où elle avait grandi. La vie n'était pas faite que de ronds-points bloqués par les gilets jaunes, de pauvres types qui roulaient bourrés ou de braves citoyens qu'on emmerdait pour deux kilomètres à l'heure d'excès de vitesse. Le mois dernier, c'était une jambe qu'on avait retrouvée sur la plage de Saint-Clément-des-Baleines. Aujourd'hui une femme venait de se faire descendre dans le paradis des campeurs. Mathilde retourna vers la voiture. Ne rien laisser paraître. Être pro, rien que pro. Elle ouvrit la porte du passager avant.

— Les gars, vous appelez le capitaine, qu'il vienne au plus vite. Vous me balisez le lieu du décès dans un rayon de vingt mètres. Vous bloquez l'accès au terrain. Personne ne circule autour. Vous me gardez la bonne-femme avec son chien. Compris ? J'y retourne.

Elle s'approchait d'Antoine. Ses jambes flageolaient un peu dans le pantalon trop large de son uniforme.

— Monsieur ?

Antoine leva la tête. Son visage n'exprimait rien sinon la douleur et la contrariété du silence que lui imposait la présence de Gisèle. Il ne pouvait même pas hurler. Il était incapable de pleurer. Il ne savait même pas si c'était arrivé. Il n'arrivait pas à y croire.

— Vous êtes le…

— Mari.

— Bien. Je suis absolument navrée de ce qu'il vous arrive. Soyez assuré que nous allons tout mettre en œuvre pour déterminer les circonstances de ce qu'il s'est passé. C'est votre fille ? Comment s'appelle-t-elle ?

— Gisèle.

— Bonjour poupée. Monsieur, vous sentez-vous capable de répondre à quelques questions ?

— C'est-à-dire que…

Antoine, gêné, désignait sa fille. Que pouvait-il dire, quels mots pouvait-il prononcer devant cette enfant qui ne savait pas encore qu'elle n'aurait plus jamais de maman ?

— Je comprends.

Il fallait pourtant qu'elle l'interroge, d'autant qu'il figurait nécessairement en tête de liste des suspects. À l'école de gendarmerie, Mathilde avait appris que les premières minutes d'une enquête était capitales.

— Marcadier !

Un grand type en uniforme se retourna, un rouleau de rubalise à la main. Mathilde lui fit signe d'approcher.

— Vous allez garder la petite le temps que je m'entretienne avec monsieur.

— Moi ?

— Oui, vous.

L'homme baissa la tête. L'obéissance est de mise dans la grande muette, mais il n'en pensait pas moins. Antoine observait la scène qui l'avait tiré de sa torpeur.

— Vous êtes sûr que votre collègue… ?

— Bien sûr ! C'est un excellent gendarme.

— Non mais ma fille n'est pas une délinquante. Elle n'a pas besoin d'un gendarme !

Marcadier s'approcha. Gisèle s'agita. Elle semblait avoir peur de l'uniforme.

— Navrée, monsieur, il n'y a que ça ici.

Gisèle se mit à hurler. Antoine agrippa sa fille. Il n'avait aucune intention de la confier aux forces de l'ordre. La majore Labat devait absolument trouver une parade. Une idée lui traversa l'esprit.

– Ma sœur fait du baby-sitting. Elle a l'habitude de s'occuper des petits. Je vais lui demander de venir si vous le voulez bien.

Antoine ne sut pas quoi répondre. Mathilde se détourna et sortit son portable. À cette heure-là, Clémence ne répondrait jamais. Où avait-elle dormi, cette nuit ? Chez l'autre naze de Tom ? Est-ce qu'elle arriverait un jour à décrocher des poètes et des bons à rien ? Celui-là, c'était du sérieux : 28 ans, bac -12, des dreadlocks et le RSA pour toute ambition. Heureusement qu'il habitait chez ses parents ce tocard, elle allait pouvoir appeler sur le fixe. Elle réveillerait tout le monde, mais elle s'en foutait. Il ne fallait pas qu'elle gâche sa première enquête.

– Allô. Bonjour madame, c'est Mathilde la sœur de Clémence. Excusez-moi de vous déranger si tôt, il faut absolument que je lui parle. Vous pouvez aller la chercher s'il vous plaît ?

Clémence voulait bien. Mais vraiment, elle faisait « trop chier » (sic) Math'. Et puis elle n'avait pas de bagnole. Et Tom n'avait plus de permis. Mathilde le savait qu'il n'avait plus de permis, l'artiste. Ses collègues l'avaient arrêté à plus d'un gramme et demi d'alcool et testé positif au cannabis l'an dernier. Le père de Tom avait pris la voiture pour aller à la pêche ce matin. Elle n'allait quand même pas venir en vélo, ce serait trop long. Vite, vite, trouver une solution... de Surmon : elle était là la solution. Elle allait appeler son capitaine, il ferait le détour par Loix pour récupérer sa sœur.

— Je m'en occupe. Prépare-toi vite. Mon capitaine passe te chercher. À toute Clém', t'es mignonne !

Mathilde changea de téléphone portable. Elle appela le Capitaine de Surmon, lui exposa la situation. Il arrivait des Portes et venait de passer Ars. Cela ne le mettrait pas en retard. Clémence retourna à la chambre, attrapa ses habits d'hier et prévint simplement Tom qu'elle devait filer, sans prendre le temps de lui en dire plus. Elle s'aspergea le visage d'eau et attacha ses cheveux en un chignon relevé sur le haut du crâne. Elle regarda le miroir : ça allait. Et puis ce n'était pas un défilé de mode auquel elle participait. Elle descendit à la cuisine, avala le café que la mère de Tom ne savait définitivement pas faire. Elle se roulait une clope dans la cour de la maison quand la Mégane bleue de la gendarmerie fit irruption, gyrophare en marche. Le capitaine de Surmon reconnut tout de suite Clémence : impossible de ne pas voir qu'elle était la sœur de la Majore Labat. Moins soignée tout de même. Clémence sauta sur le siège passager et ils repartirent aussitôt. Tom débarqua dans la cuisine. C'était quoi cette bagnole de keufs ? Sa mère lui relata ce qu'elle avait compris des explications de Clémence. Il s'agissait plus ou moins de baby-sitting. Tom soupira et remonta se coucher. Il défit la latte de parquet à côté de son lit, prit la barrette de shit qu'il venait de cacher en voyant le gyrophare de la maréchaussée clignoter dans la cour de la maison et la posa sur sa table de nuit. *Putains de Schmitts ! Ils m'ont fait peur ces cons-là.*

9

Région de Cognac
Vendredi 31 mai 2019
8 h 30

— Sylvie !

— J'arrive.

Sylvie Valmont fit claquer ses talons sur le sol de l'entrée. Elle avait opté pour une jupe droite bleue. Classique, un peu sévère peut-être. L'imprimé de son chemisier donnait une touche plus moderne et moins sage. Elle se contrôla rapidement dans le miroir de l'entrée.

— Tu es belle !

— Tiens, mon miroir parle ?

— Oui, il parle et il dit que tu es la plus belle mais qu'on va finir par être à la bourre.

Benoît agrippa son épouse par la taille et déposa un baiser sur sa bouche. Il le pouvait encore, elle se maquillerait pendant le trajet.

Benoît et Sylvie Valmont formaient une équipe comme on n'en croise que dans les films policiers, quand le gentil flic se fait descendre par un gang de trafiquants de cocaïne et que son collègue inconsolable décide d'arrêter de boire pour mieux venger son coéquipier. Ils avaient fêté leurs vingt-cinq ans de mariage l'an passé (les Valmont, pas les flics inséparables). Vingt-cinq années sans vraiment d'ombre au tableau. Rien qui mérite en tout cas de s'appesantir. Partageant un même goût de la réussite, ils servaient tous les deux avec une loyauté sans faille une ambition dévorante.

— On va où déjà ce matin ? Sylvie grimpait sur la place passager du Range Rover Evoque.

— Rouillac.

— Ah oui, Rouillac…

À Rouillac, ça tournait mal. Quand les autres magasins affichaient des progressions à deux chiffres, Rouillac végétait. Trois clients mécontents s'étaient fendus d'un mail depuis le début du mois. Benoît et Sylvie savaient que c'était trop. La plupart du temps, ils en étaient aussi, un client mécontent vote simplement avec ses pieds et va faire la fortune de la concurrence. Prendre le temps d'écrire à la direction et déverser sa rancœur, c'était passer une étape supplémentaire. À tout prendre, Sylvie préférait néanmoins recevoir des mails de récrimination. Elle pouvait y répondre, garder le contact, offrir un bon d'achat, tenter de récupérer le coup. Elle détestait par-dessus tous les peigne-culs qui derrière l'anonymat de leur écran d'ordinateur balançaient courageusement un avis assassin et une appréciation détestable, impossible à vérifier mais qui pouvait laisser le doute s'instiller sur la toile. Dans le monde numérique, la réputation est un facteur clé de réussite.

Justement, les magasins « Bien d'Ici » avaient une réputation à tenir. Une réputation sur laquelle Benoît veillait au quotidien. Ce matin, il voulait avoir l'avis de son épouse. Il avait une confiance absolue en son jugement. Elle verrait ce qui n'allait pas. Elle sentait ces choses-là. « Bien d'Ici », après tout, c'était son idée à elle, même si Benoît adorait s'en attribuer la paternité devant les élus locaux, dans les médias ou les réunions de l'Union Patronale de la Charente. Ce n'était pas grave aux yeux de Sylvie. Cela faisait partie de leur pacte. Le plus important était le succès des magasins « Bien d'Ici ». Ils avaient pris le train en marche au bon moment avec leurs magasins de producteurs.

« Bien d'Ici » commercialisait du bio et privilégiait les circuits courts : deux idées dans l'air du temps mais pas toujours simples à mettre en application. Bien sûr les consommateurs réclamaient du bio, bien sûr ils adoraient manger ce qui venait d'à côté de chez eux, mais ces vœux pieux se heurtaient souvent à la réalité de la vie quotidienne. Les clients n'allaient pas se mettre à battre la campagne pour aller chercher des légumes à droite, de la viande à gauche, des pâtes et de la farine au nord, de la confiture et du miel au sud. C'était un des freins au développement du marché du circuit court. Certains producteurs s'organisaient et ouvraient des magasins en propre, gérés sur la base d'un système coopératif. Le résultat n'était pas toujours au rendez-vous. Les points de vente étaient souvent tenus en amateur et les horaires, discontinus, s'avéraient incompréhensibles pour le client : si l'on voulait batailler contre la grande distribution, il fallait professionnaliser la démarche.

C'était la conviction de Sylvie, donc de Benoît. Une intuition qui s'était avérée juste : l'ouverture de leur premier magasin en 2016 avait été rapidement suivie d'une petite dizaine d'autres.

Les Valmont avaient trouvé auprès des fonds d'investissements régionaux l'argent frais pour assurer leur développement. La holding BSVI (comprenez Benoît et Sylvie Valmont Investissement) avait été dotée en fonds propres et savait faire face à d'importants investissements : travaux, agencement, communication… Barbezieux, qui ouvrirait fin juin serait leur douzième point de vente. À chaque fois, une société civile immobilière familiale composée des époux Valmont et de leurs trois enfants était propriétaire des murs des magasins « Bien d'Ici ». Une manière de se faire « un peu » de patrimoine comme le disait Benoît. Aujourd'hui, les Valmont assuraient les débouchés d'un tas de producteurs, maraîchers, éleveurs, fabricants, à commencer par l'exploitation de Benoît Valmont, qui, avec ses deux-cents hectares, de céréales était un des plus gros producteurs bio de la région dans sa spécialité.

Fini le temps où Benoît n'était qu'un paysan. Il avait quitté la FNSEA où il n'avait pas d'avenir avec tous ces vieux caciques et s'était converti au bio pour mieux les emmerder. Aujourd'hui, il faisait partie des entrepreneurs qui comptent dans le paysage de la Nouvelle Aquitaine. Le Préfet pensait à lui, paraît-il, pour l'Ordre du Mérite. Tout cela constituait pour Benoît une grande fierté.

Du monde paysan, Sylvie et Benoît avaient gardé le bon sens. Ils comptaient dessus pour continuer à prospérer, par exemple ce matin pour comprendre ce qui se tramait à Rouillac. Ils économiseraient également les honoraires de Louis Jamet. LA Comm, l'une des entreprises de Jamet, réalisait déjà le site web et toute la publicité des magasins « Bien d'Ici ». Il avait bien tenté de leur proposer une « mission de diagnostic commercial » avec audit, graphiques et une batterie de chiffres à la clé. Benoît Valmont était bien trop ancré dans la réalité pour ignorer que tout cela sentait la fumisterie. Des « consultants de mes deux » (la formule était de Benoît) produiraient des kilos de papier truffés d'anglicismes que personne jamais ne lirait. On y parlerait d'« expérience client », l'une des dernières trouvailles des grands sachems du marketing : un client n'achète plus, il vient vivre une « expérience ». Aux yeux de Benoît Valmont, ce même client repartait de la même façon avec un kilo de tomates et deux batavias, « expérience » ou pas. La conclusion s'imposerait d'elle-même : il faudrait, pour assurer le succès, une « mission d'accompagnement au déploiement des solutions », et puis quoi encore ?

Des papiers gras jonchaient le sol du parking. Ça sentait le laisser-aller à Rouillac.

10

Cognac
Vendredi 31 mai 2019
9 h 20

— Salut poulette !

— Salut François.

« Poulette ». C'est ainsi que François appelait les filles qu'il aimait bien. C'était ringard et même un tantinet sexiste, comble de l'infamie contemporaine. Heureusement pour lui, c'était les porcs qu'on balançait et pas les poulets. « Poulette », Sonia de son vrai nom, était le pilier du bureau local de Cognac de *La Charente Libre*, le journal où officiait François. C'est elle qui, à l'accueil, recevait les appels ou les gens. Elle devait jauger de la pertinence et de l'intérêt d'un tuyau ou d'une information. Elle filtrait, éconduisait les emmerdeurs, les illuminés et les tarés de tout poil. Ce n'était ni les urgences de l'hôpital ni le bureau d'aide sociale, ce n'était finalement que les bureaux du journal local ici, mais elle en voyait quand même de drôles. Un jour, elle en ferait un bouquin.

Non, ce matin il n'y avait rien de particulier. Pas de fait div' qui mérite que François se précipite chez les flics ou sur une scène de vandalisme. Rien à se mettre sous la plume.

— Bon, je pousse jusqu'à La Civette, à toute !

François referma la porte du journal, rentra dans la boulangerie voisine, s'acheta une chocolatine et se dirigea vers la place François Ier. À la terrasse de La Civette, il commanda un double expresso. François avait le temps de humer la ville. Il aimait cela. S'imprégner d'un endroit, regarder « les cons qui passent » (c'est ce qu'il disait), laisser l'endroit le pénétrer, en faire partie, vagabonder, laisser son esprit fluctuer. Il ouvrit son cahier.

Matin timide
La ville s'étire
Le jour nous dévoilera
Son secret ce soir

Il fallait qu'il se mette aux haïkus. Il adorait les haïkus. Peut-être qu'il pourrait proposer un recueil à… À qui ? Qui se soucie de poésie, dans ce monde sans âme où le pognon seul a cours et droit de cité ? Le poète n'a plus la cote. La sécheresse spirituelle de l'Occident était un vrai sujet de tristesse et d'angoisse pour François. Les Russes… Ah oui, parlez-moi des Russes ! Un peuple de poètes. Il y a de l'âme chez Tolstoï, des sentiments chez Dostoïevski, de la folie chez Boulgakov. Quand vous pensez qu'un type comme Limonov était poète en Russie. C'était son métier ! Il y a du souffle chez les Russes. On l'entend bien dans les Vêpres de Rachmaninov. On a l'impression d'être dans la steppe, de se faire engloutir par le paysage. Ah ces Russes ! Pas toujours fréquentables certes, mais François Villon n'était pas un enfant de chœur, pas plus que Verlaine ou Rimbaud. Ah ces Russes !

François sortit de sa rêverie. On parlait russe à la table d'à côté. À moins que ce ne soit autre chose, mais il plut à François que cela fût du russe. Cela en était d'ailleurs et n'avait en soi rien de surprenant : Cognac voit passer la terre entière dans ses chais et ses célèbres maisons. François sortit son paquet de tabac et entreprit de se rouler une clope. Son voisin continuait à parler avec une surprenante discrétion. Les Russes d'habitude ont le verbe haut et le rire tonitruant. Celui-ci faisait dans la sobriété. Il ne buvait qu'un café. Même assis, François remarqua sa grande taille. Son visage semblait taillé à la serpe, fait d'angles aigus et de lignes droites. Des yeux d'un bleu délavé surmontaient un nez aquilin. Les cheveux, qui avaient été blonds, étaient coupés très strictement à la brosse. Quel âge pouvait-il avoir ? Une petite soixantaine peut-être. Tous ces mecs qui font du sport n'arrêtent pas de faire mentir leur apparence. Le type devait être sportif. Il avait un air à refroidir les plus belles ardeurs : sévère, froid, implacable. S'il avait encore existé, François, l'aurait imaginé dans les rangs du KGB. Le Russe interpella la serveuse. Tout en sortant un billet de cinq euros de sa poche, il lui demanda combien il devait dans un français très correct où pointait un léger accent slave. Que faisait-il seul ici ? Il servait peut-être de guide à des compatriotes. Les fortunes s'accumulaient rapidement dans la Russie moderne. Elles pouvaient se défaire tout aussi vite. Les

Russes, comme les Indiens ou les Chinois, adoraient le nom de cognac et tout ce qui pouvait de près ou de loin, rappeler le luxe, le savoir-faire, le raffinement français. On en croisait partout dans la ville, plutôt dans les bars branchés ou les hôtels de luxe. Le type quitta sa place.

Machinalement, François jeta un coup d'œil à son téléphone. Trois appels de Joubert, le rédacteur en chef. Merde ! Il avait encore oublié d'enlever le mode silencieux de son mobile. Sonia arriva en courant. Elle semblait en panique. Elle avait les yeux rouges et gonflés. Elle pleurait.

— François !

— Qu'est-ce qu'il y a poulette ?

— Joubert…

Elle hoqueta entre deux sanglots. François lui tendit la serviette en papier placée sous sa tasse.

— Oui, j'ai vu. Mais qu'est-ce qui se passe ?

— François c'est affreux ! Claire…

Sonia explosa en larmes. Puis elle réussit à se reprendre et à balbutier trois mots. Les oreilles de François se mirent à bourdonner. Sa vue se troubla. Son corps n'était qu'un machin mou et sans force. Il ne prêta pas attention à la camionnette Citroën qui passa devant lui conduite par celui qui avait été l'espace de quelques minutes son voisin de table. Sur les flancs blancs du véhicule, on lisait les traces du nom qui les avait ornés et dont les autocollants avaient été décollés depuis : DEVON.

II

Cognac
Vendredi 31 mai 2019
9 h 45

L'homme marchait d'un pas alerte dans le centre de Cognac. Il ne tenait pas à s'attarder et il lui était toujours difficile d'arpenter les rues sans tomber sur une connaissance ou un solliciteur. Au fond de lui, il adorait ça. Il était quelqu'un, quelqu'un de connu, quelqu'un de reconnu, et pas seulement à cause de sa phalange d'auriculaire mutilée. Les rues étaient peu animées ce matin. Ceux qui ne faisaient pas le pont étaient au boulot. Quant aux autres, ils étaient pour beaucoup partis respirer le bon air de la côte et de l'océan. Il dépassa l'église Saint Léger avant de s'engouffrer dans son bureau rue Aristide Briand. Il referma le verrou derrière lui et grimpa à l'étage.

Comme à son habitude, Audrey avait déposé sur son sous-main une feuille volante qui recensait les rendez-vous de la journée. Il commencerait par une visio-conférence avec Tournier, le patron de La République en Marche pour la région Nouvelle Aquitaine. Ils se désoleraient des résultats des élections européennes. Les bleus bites de LaREM commençaient à agacer sérieusement l'homme : Nathalie Loiseau, c'était quoi cette candidate ? Ils étaient bien mignons les « drôles[1] » portés au pouvoir deux ans plus tôt. L'homme comprenait leur envie de renouveau, les électeurs en avaient besoin aussi, mais les Marcheurs avaient sonné un peu vite l'hallali de l'ancien monde. En y pensant, l'homme tapotait son bureau avec son auriculaire meurtri. C'était sa façon à lui d'exprimer sa nervosité.

L'homme était un vieux briscard. Il savait que certaines vérités sont intemporelles, notamment celle qu'on ne fait pas de la politique avec des enfants de chœur. Il fallait de l'épaisseur, du cuir, de quoi encaisser les coups, mais aussi un bon coup de patte pour en rendre ou en donner au moment opportun. L'homme savait de quoi il parlait. Depuis toutes ces années, il avait toujours réussi à étriller ses concurrents. Il avait posé des kilos de peaux de bananes aux bons endroits et aux bons moments pour se débarrasser des compétiteurs les plus mordants. Il avait flingué les espoirs d'un paquet de jeunes premiers promis à un grand avenir, « d'accord mais pas ici, pas chez moi » répétait l'homme. Il avait su mener sa barque même par forte houle. Il n'était pas peu fier d'avoir contribué à la trahison de Bayrou en 2012 et n'avait qu'à se louer de ce choix tactique qui l'avait laissé sur le devant de la scène locale. Mais là, Nathalie Loiseau ! La candidate de LaREM aux élections européennes était bien

1. Drôle : gamin en patois charentais.

tendre et inexpérimentée pour s'improviser tête de liste. L'homme se surprit à tambouriner de plus belle sur le plateau de hêtre clair de son bureau. Forcément, le boulevard Le Pen s'était encore élargi. Au niveau du département, la liste du Rassemblement National arrivait en tête. Pas à Cognac même, mais les campagnes avaient encore massivement voté pour une extrême-droite qui se banalisait d'élection en élection. Il aurait l'occasion de dire à Tournier tout le mal qu'il pensait de la stratégie de Paris. Après que tout le monde aura parlé bien sûr, ce n'était pas lui qui monterait au front.

Il poursuivit l'examen du programme du jour. Il déjeunait avec Gourinchas, le maire de Cognac. Gourinchas devrait bientôt annoncer qu'il ne se présenterait pas pour un troisième mandat. Ils avaient nécessairement chacun des idées pour l'avenir, ils devraient pouvoir s'entendre sur un nom. Venaient ensuite sur la liste d'Audrey trois noms qu'il ne connaissait pas entre 15 et 17 heures, sûrement des quémandeurs, avant la réception de ce soir au Conseil Départemental. Il tenait beaucoup à la mise en place du projet de filière autour du cognac et des spiritueux pour donner de la cohérence et de la visibilité à ce territoire. Un territoire qu'il aimait au fond passionnément et qu'il avait retourné, exploré, labouré sans jamais se lasser depuis trente ans maintenant. Il faudrait qu'il passe par la maison prendre Catherine.

L'homme pivota sur son fauteuil. Il déplaça le cadre qui renfermait le fameux discours de Gettysburg prononcé par Abraham Lincoln le 19 novembre 1863, dans sa version anglaise. L'homme ne comprenait pas un traître mot de la langue de Shakespeare, mais il avait remarqué que cela produisait une forte impression sur ses visiteurs. Il ouvrit le coffre-fort et alluma le téléphone portable dédié à sa messagerie Telegram. Certes, la messagerie cryptée qui lui permettait d'échanger sur les dossiers sensibles aurait très bien pu fonctionner sur son mobile habituel, mais l'homme n'aimait pas tout mélanger. Lui aussi avait son côté « Paul Bismuth ».

Le message de Dmitri s'afficha rapidement : DOSSIER TRAITÉ. L'homme fixa l'écran de ses yeux noirs. Il attendit que les trente secondes convenues s'écoulent. Le message s'auto-détruisit. L'homme étendit une main apaisée sur sa table de travail.

12

La Rochelle
Vendredi 31 mai
10 h 25

Rémy Lafargue ouvrit la fenêtre passager, posa le gyrophare sur le toit de la voiture banalisée au bord de laquelle ils circulaient et actionna la sirène. La Clio des gendarmes de la Section de Recherches de Bordeaux approchait du péage du pont de l'île de Ré. Ils avaient filé bon train. Au volant, son collègue, Malik Berkame, lui fit remarquer qu'il exagérait un peu. Ils auraient pu attendre que les cinq voitures devant soient passées. Il n'y avait nul criminel à attraper, pas de fuyard à serrer. Normal, ce n'était pas le boulot de la « Section de Recherches », l'unité à laquelle Malik et Rémy appartenaient.

La Section de Recherches est une unité spécialisée de la gendarmerie dont le rôle est d'apporter expertise et méthodes aux brigades de terrain dans des cas complexes ou inhabituels. Se prendre une balle dans le dos était un cas suffisamment inhabituel, complexe il n'aurait pas su le dire pour l'instant, pour que Vincent de Surmon, Capitaine de la brigade de gendarmerie de Saint-Martin-de-Ré, appelle immédiatement en renfort la Section de Recherches de Bordeaux. Rémy et Malik avaient fait fissa. Rémy avait conduit, piloté plutôt, toute la partie d'autoroute jusqu'à Rochefort. Il n'était pas dangereux au volant, il aimait simplement la vitesse.

— T'aurais dû devenir pilote rapide d'intervention ! l'avait raillé Malik alors qu'ils filaient entre 180 et 200 km/h vers le nord.

— C'était bien mon plan au départ. Mais qu'est-ce que tu veux, Malik, je suis trop bon ! C'est dommage quand même. C'est ça de rentrer dans la gendarmerie avec plus qu'un permis de conduire.

Rémy blaguait bien sûr. Il adorait son métier et avait épousé la carrière une fois son Master de biologie cellulaire et moléculaire en poche. Ses collègues de la Section de Recherches possédaient tous un domaine de spécialité, potassé plusieurs années avant de rejoindre les rangs de la gendarmerie. Malik, c'était la balistique son truc. La balistique et le foot. Dommage pour le foot, il habitait Bordeaux le taquinait Rémy chaque fois qu'il le pouvait. Rémy, lui, aimait les voitures et la vitesse.

Il augmenta le volume de la radio qui jouait « The shape of you » d'Ed Sheeran. Il battait la mesure sur la planche de bord. Ils laissèrent le péage derrière eux et Malik se rangea dans le troupeau des automobilistes qui abordaient le pont sans jamais atteindre la limite autorisée des 80 km/h. Le radar tronçon installé à chacune de ses extrémités n'était pas la seule explication à la docilité de la masse roulante. Un air différent soufflait ici, leur dirait tout à l'heure le capitaine de Surmon, comme si douceur et farniente s'insufflaient dans les habitacles lorsque les voitures attaquaient l'immense montée vers le point haut du pont avant d'embrasser du regard Sablanceaux et l'anse de Rivedoux. De l'autre côté de ce bras de mer, c'était les vacances, la vie paisible, qui s'écoulait au rythme des marées et de l'apéro.

Néanmoins, dans ce havre de paix, on flinguait aussi les campeuses, raison de la présence de Rémy et Malik.

Il la vit arriver de loin. Le pont est long, la vue dégagée. Pas obligé de regarder la mer, les bateaux, les plages ou les installations portuaires de La Pallice. Rémy regardait les voitures qui arrivaient en face.

— Mate un peu ! Tu la vois ?

— Quoi ?

— La 504 coupé. La classe ! Elle doit avoir pas loin de cinquante ans, la bagnole. Tu sais que c'est Pininfarina qui l'a dessinée ? Ce type quand même, il a fait tous les plus beaux coupés du monde. Ils sont bons ces Ritals, rien à dire.

Malik n'avait rien à dire, effectivement. Cette bagnole témoignait d'une réussite esthétique passée, son côté vintage était sympathique. Son appétence pour le sujet s'arrêtait là.

— Elle a l'air en bon état, commenta Rémy. Ça doit être un collectionneur, regarde la plaque : 9393 MY 16, c'est pas jeune ! Il doit l'avoir depuis un moment, le gus !

Le crâne dégarni du conducteur conforta Rémy dans son analyse sommaire de la situation. Il n'eut pas le temps de lire le regard bouleversé du type au volant.

— Belle bagnole quand même !

13

Blois
Lundi 3 juin 2019

François sentit ses paupières se fermer. Il tremblait de tout son corps, incapable de bouger. Le type lâcha l'exemplaire de *La Charente Libre* du jour. François entendit distinctement le frottement du papier sur la dalle de béton brut. Le type braquait maintenant un 357 Magnum sur sa tempe. Des murs et des sols nus. Un immeuble en construction. Une ampoule blafarde au plafond. On se serait cru dans un film.

— Allez le journaleux, fais ta prière.

François ne savait plus bien prier. Il n'aspirait plus qu'à une mort rapide. Plus que tout, il ne voulait pas souffrir. Il était cuit de toute façon, il n'avait aucun moyen de s'échapper. Il n'était pas dans un film. Que pouvait-il faire ? Balancer un grand coup de genou dans les couilles du type au pistolet, récupérer son calibre, se retourner dans une pirouette et coller une balle pile entre les deux yeux du complice au bout de la pièce qui glandait sur sa chaise en sifflotant. François n'était ni Tom Cruise ni Bruce Willis. Luc Besson n'avait pas écrit le scénario. Dieu le Père, la Sainte Vierge ou Jésus… François fit plus simple et dans un cri désespéré appela : « Maman ! ».

Il se réveilla en sueur. Sa mère ouvrit la porte de sa chambre.

— Qu'est-ce qui t'arrive poussin ?

— Rien, ça devait un mauvais rêve.

— Rendors-toi poussin. Je viendrai te réveiller pour ton rendez-vous chez le médecin.

Poussin ne se rendormit pas, trop content d'avoir échappé à une mort sordide. *Et arrête de m'appeler poussin, j'ai bientôt 34 piges*. Il jeta un œil à son mobile. 7 h 30.

Il entendit sa mère commenter son réveil en sursaut. « Pas étonnant avec ce « beurre d'a-oût ». Marie-Pierre Loriot n'arrivait pas à dire « burn out », ce fléau du monde moderne qui n'existait pas quand elle travaillait. « Ils vont le rendre dingue dans ce journal. Et pourquoi il s'est rasé la tête ? Tu ne vas quand même pas me dire qu'on ne vit pas dans un monde de dingues ?… » Le père de François acquiesçait en silence. Il s'inquiétait pour son fils. Il n'avait jamais compris ce qui l'avait poussé à devenir folliculaire dans une lointaine campagne. Que ferait François si demain il se rendait compte qu'il devait changer de voie ? Où irait-il avec son diplôme de l'École Publique de Journalisme de Tours ? Plus personne ne lisait le journal. Il le tenait de source sûre : il l'avait lu dans *La Nouvelle République* qu'ils n'achetaient dorénavant que le samedi pour avoir le programme télé.

François se leva. Il avait bien fait de broder autour de cette histoire de burn-out. Ça occupait ses parents, ça faisait diversion. Il n'avait pas eu à leur expliquer.

Vendredi, quand Sonia avait terminé ses brèves explications autour de l'assassinat de Claire, François était resté prostré de longues minutes. D'un seul coup, une pensée inquiétante lui avait traversé l'esprit : « Et si cela avait à voir avec… ? Merde ! Non, pas possible, pas ici, pas à Cognac, pas dans ce coin paisible de cambrousse. » Un frisson lui avait parcouru l'échine. Il avait appelé Joubert, son rédacteur en chef. Il lui avait expliqué qu'il avait besoin de prendre du recul, qu'il était profondément affecté. Claire partageait le même bureau que François. C'était plus qu'une collègue, c'était une amie, et même plus encore, une intime, une proche. François s'abstint de raconter à Joubert les acrostiches sur les murs de ses chiottes. Il enverrait un arrêt maladie à Joubert au plus vite, promis, mais là, il ne pouvait pas revenir au journal. Il était sincèrement navré de planter Joubert comme ça. Il ferait de son mieux pour revenir au plus vite. Joubert comprit qu'il n'était pas besoin d'insister. Il se débrouillerait avec deux pigistes pour les prochaines semaines.

François avait consulté les horaires de trains pour aller à Blois. Filer chez ses parents lui semblait la solution la plus naturelle. Il n'avait de toute façon nulle part ailleurs où aller. Le docteur Duchateau ne ferait pas de difficultés pour lui coller quinze jours d'arrêt a minima. Il se mettrait au vert. Il aviserait ensuite. Il ne pouvait pas rester là. Le premier train partait à 14 h 08.

Un changement à Angoulême, un autre à Tours, il lui faudrait cinq heures pour rallier Blois. François avait pris le chemin de son appartement. Il se retournait sans cesse dans la rue. Il avait zyeuté à gauche et à droite avant de passer le badge d'accès à sa résidence devant le lecteur. Merci la technologie, personne ne pourrait lui emboîter le pas. Il força sur le ferme-porte pour obliger la lourde à se verrouiller.

Arrivé chez lui, il se précipita dans la salle de bains, empoigna les ciseaux et mutila sa tignasse. Il rasa le dernier centimètre avec son Gillette Mach 3. Son pauvre rasoir peinait. François le cognait sur le lavabo pour en ôter les poils qui collaient entre eux, s'enlevaient mal, finissaient par tomber par touffes et encombraient la bonde. Des cheveux voletaient un peu partout dans la pièce. François jeta quelques affaires dans son sac de voyage. Le minimum de fringues, son ordi, son carnet de poèmes, les chargeurs, deux trois stylos bille, il était paré.

Il s'assit sur le canapé et ne bougea pas. Il envoya un texto à sa mère. « J'arrive à 19 h 22 à la gare ». « Rien de grave ? On est là. Papa viendra te chercher. Bisous poussin ». « À toute bisous » avait répondu François avec en prime un smiley qui envoyait un baiser en forme de cœur. Heureusement que ses parents étaient là, toujours là.

C'étaient des « gens d'ici ». François s'était fait la remarque lorsqu'il avait sillonné l'Europe de l'est à l'été 2010 : pour qu'il y ait des voyageurs, il faut qu'il y ait des « gens d'ici ». Ils sont l'âme d'un endroit, d'une région, d'un pays. Le voyageur observe et se nourrit de ce que les gens d'ici façonnent. Un monde peuplé seulement de voyageurs serait un monde sans vie. Marie-Pierre et Claude Loriot, ancrés dans leur bout de Loir-et-Cher, participaient à faire de ce coin de terre le berceau d'une culture ancienne, à leur façon, sans le savoir, par leur mode de vie, leurs loisirs, leurs expressions, les idiomes qu'ils employaient, les plats qu'ils cuisinaient, les vins du cru qu'ils buvaient et tout le reste. « Tu viens pour longtemps ? ». « 15 jours je pense mais tkt rien de grave ». « Tkt ? ». « Ça veut dire ne t'inquiète pas ! ».

François avait envoyé un texto à Sonia. Il ne reviendrait pas tout de suite au journal. Il avait prévenu Joubert. Il n'eut même pas l'envie de terminer par le sempiternel « Bisous poulette » dont il agrémentait ses messages à Sonia d'habitude.

Avec les « Derniers poèmes d'amour » de Paul Éluard en mains, il s'était calé dans son fauteuil en essayant de se concentrer. « J'étais si près de toi que j'ai froid près des autres… » De la classe quand même cet Éluard, de l'élégance jusque dans la douleur. François attrapa son carnet. Que pourrait-il lui écrire maintenant ? Qu'elle n'était plus là, qu'il était triste ? Devait-il tenter se regarder pleurer ou admettre plus trivialement qu'il était en train de se chier dessus et que l'heure n'était pas encore aux regrets éternels ? Il griffonna un « C » majuscule sur son carnet. Il n'arrivait pas à accrocher un mot dessus. Il tenta la console de jeu et fit le pire match de sa vie sur FIFA.

13 h 40. Il était l'heure de quitter son appartement. Lunettes de soleil sur le nez et crâne fraîchement rasé,

il était méconnaissable. Il fit le trajet aux aguets. Il trembla quand une porte d'entrée claqua derrière son passage. Il étouffa un cri en manquant de rentrer dans une petite vieille qui tournait à l'angle du trottoir où lui-même arrivait. Il sursauta à la détonation d'un pot d'échappement alors qu'un jeune qui faisait pétarader sa mobylette arrivait à sa hauteur. Il arriva en nage à la gare de Cognac. Il voulut attendre le train à l'abri des buissons sur le parking, y écrasa une merde de chien du pied droit et opta finalement pour le hall presque vide du bâtiment. Il fallait qu'il se calme. Il tentait de reprendre ses esprits en frottant frénétiquement la semelle de sa chaussure sur l'angle du trottoir. Il devait être en train de se faire des films.

14

Cognac
Mardi 4 juin 2019

Machine regardait Louis.

Ils s'étaient revus. Louis avait trouvé qu'au final, elle était plutôt cool, Machine : pas chiante, pas envie qu'on lui fasse des gosses ni qu'on lui parle engagement. Machine ne se faisait pas de grandes idées sur leur relation. L'affaire n'irait pas beaucoup plus loin que le bout du lit. Elle prenait ce qui était à prendre. Il adorait la lécher, absolument partout. Elle se laissait faire avec délice. Ce n'était pas un mauvais coup, ce Louis. Sûrement un sale con dans la vie, mais tout en don sur le plan cul.

Machine regardait la tête de Louis entre ses jambes ouvertes.

La lumière rouge des chiffres à cristaux liquides du radio-réveil éclairait la chambre. Même en pleine journée, il prenait soin de descendre les volets roulants quand ils faisaient l'amour. Mais pourquoi avait-il un radio-réveil ? Une prochaine fois peut-être elle lui demanderait. L'heure n'était pas aux considérations déco et mobilier. Elle ferma les yeux. Non, pas là ? Si, là. Il l'excitait. C'était doux. Ses doigts caressaient son ventre et son sexe. Elle avança ses mains jusqu'à sa toison et le guida en douceur. Elle ferma les yeux. Mon Dieu que c'était bon…

1 3 : 5 4. Merde ! Elle allait être en retard. Son bureau était à deux pas d'ici mais elle n'y serait jamais à quatorze heures pétantes. Pourvu que son boss n'appelle pas à deux heures pile, ça le prenait parfois. Elle sauta dans son jean, déposa un baiser sur le front de Louis et fila. C'était si excitant de faire l'amour entre midi et deux, à l'heure où certains déjeunent à la cantine, à l'heure où d'autres regardent des présentateurs brushingués distiller l'angoisse quotidienne à la télé, à l'heure où d'autres encore s'abêtissent sur leur mobile. Elle ne lui dit rien. Cela faisait partie du deal. On ne parlait pas d'avenir. Ils se reverraient quand bon leur chanterait.

Louis Jamet se leva et se dirigea vers la salle de bains pour se recoiffer avant de partir. Non, il ne se rincerait pas la bouche. Il adorait emporter son odeur avec lui. Oui, c'était peut-être dégueulasse, mais lui trouvait ça délicieux : les madeleines n'ont pas toutes le même goût. Lui aussi serait en retard, mais il s'en foutait : il était le patron, Louis Jamet.

La réunion de chantier était programmée chaque mardi à 14 heures. Louis Jamet faisait construire ses nouveaux bureaux. Il y regrouperait ses deux entreprises aujourd'hui implantées en deux points éloignés de la ville. S'il avait cherché à faire plus malcommode, il n'aurait pas pu. Le hasard en avait décidé ainsi. La plus ancienne de ses boîtes, celle à laquelle il était le plus attaché, était LA Comm, entreprise de communication et marketing. Il aimait bien le nom « LA Comm » qui en imposait. Ce nom martelait une évidence plus qu'il suggérait un métier. C'était lui qui en avait eu l'idée. Il l'avait forgé à partir de l'initiale de son prénom et de celle du nom de jeune fille de Mamie Renée, Auger épouse Jamet. Début 2016, sur les conseils de Benoît Valmont, il avait repris Certagro, un organisme de contrôle et de certification spécialisé dans l'agriculture bio. Il n'avait pas regretté son investissement. Il surfait sur la vague bio. L'air du temps était son meilleur allié : les nouveaux clients arrivaient tout seuls. Il ne connaissait rien au métier mais avait rapidement appris. Maud, la responsable opérationnelle faisait tourner la boutique. Elle bossait comme une folle, précise et méticuleuse comme le sont les femmes. Il devait même la renvoyer chez elle certains soirs avant de reprendre quelques dossiers sensibles. L'acquisition de Certagro lui avait permis de passer sans trop d'encombres la tempête de début 2017 quand LA Comm avait perdu coup sur coup deux clients importants.

L'an passé, son père lui avait fait mettre la main sur un très beau terrain. La Communauté de Communes aménageait une zone d'activité au bord de la voie rapide qui ceinture la ville de Cognac. Louis, au moyen d'une société civile immobilière, était devenu propriétaire du terrain le mieux placé de la zone avant même que le premier mètre carré ait été commercialisé. Pour le prix, Louis n'avait pas pu faire grand-chose. Il fallait éviter de s'accrocher une nouvelle casserole au derrière.

L'important n'était pas là. Dans douze ans, grâce aux loyers que lui auraient payé ses deux boîtes pendant tout ce temps, Louis Jamet serait propriétaire à titre personnel d'un ensemble immobilier de bureaux sur un emplacement numéro un en entrée de ville. La valeur devrait tourner autour d'un demi-million d'euros. Cinq cent mille balles dans ses fouilles, le tout sans injecter un euro dans le dispositif. Il se considéra dans le miroir de courtoisie de son Porsche Macan : il était malin quand même !

Yann Huvier descendait de son Maserati Levante au moment où Louis se garait sur le chantier : l'architecte de l'opération n'était pas plus en avance que son client, mais lui n'en avait pas le droit.

— Salut Louis.

— C'est quoi ce bordel ?!

— Dis-donc, t'es remonté.

— Je commence à en avoir plein le cul. T'es toujours à la bourre ! Les entreprises elles sont où là ? Il est où le plaquiste ? Il est où l'électricien ? Et le plombard ? On n'en parle même pas du plombard...

— Louis !

— Non y'a pas de « Louis » ! L'autre blaireau qui a alimenté la cuvette des chiottes en eau chaude... Je te rappelle qu'on doit livrer première semaine de septembre.

— Je sais, mais détends-toi, on va y arriver.

— Non je ne me détends pas, et non, on va pas y arriver ! On est déjà en juin. En juillet les mecs vont commencer à lever le pied et en août, on pourra les faire à la plage les réunions de chantier. Je te préviens, ils vont attendre un long moment avant de se faire payer.

— C'est pas ça qui va aider.

— Que tu crois ! Quand ils le voudront leur pognon, faudra bien qu'ils viennent terminer. Sinon je me trouve une équipe de Roumains, tu vas voir, eux ils ont envie de bosser, ils vont me le terminer le chantier. Et en plus, ça me coûtera rien en honoraires d'archi…

Yann Huvier ravala sa salive. Il n'allait pas envoyer Louis Jamet paître. Il ne pouvait pas se le permettre. Yann Huvier était victime de la loi de l'emmerdement maximum en ce moment. Le directeur des cognacs Meukow ne l'avait pas retenu pour refaire sa propriété de Saint-Brice. Il venait en plus de se faire souffler un superbe projet d'installation d'une distillerie à Segonzac. Il connaissait bien le propriétaire mais ça n'avait pas suffi : l'investisseur qui l'accompagnait avait exigé qu'un trou du cul d'architecte Parisien s'occupe de tout. Il avait dû s'asseoir sur dix-huit mois de boulot et la perspective d'honoraires confortables. Et pour couronner le tout, son fils attaquait l'an prochain une prépa grandes écoles hors de prix à Bordeaux : appart, scolarité, faux frais… il n'avait pas encore osé faire les comptes. Son Maserati Levante lui coûtait quand même sept-cents balles par mois. Il était bien obligé de supporter les aboiements de ce connard de Jamet. Il avait néanmoins envie de tout envoyer péter, parfois, Yann Huvier…

— Bon, écoute, repars, t'es trop énervé. Je m'en occupe. Je vais aller les remuer. Je te rappelle dans l'après-midi.

— Cet après-midi ? Pas demain ? On est d'accord ?

— Oui, oui, vas-y, je m'en occupe.

Louis Jamet tourna les talons.

— Ne m'oublie pas Yann. Je suis sérieux.

Il remonta dans son Porsche Macan et démarra rageusement. Yann Huvier se précipita à l'intérieur du chantier. Il engueula tout le monde : ouvriers, patrons, commis, chacun en prit pour son grade, même un livreur qui s'était perdu dans le dédale des rues nouvelles et venait de s'arrêter pour demander son chemin.

Louis Jamet s'arrêta prendre un café place François Ier. Il n'en avait pas eu le temps ce midi. Il repensa au sketch qu'il venait de faire à Huvier. Il adorait être odieux. Ça le confortait dans sa certitude d'être quelqu'un d'important. Il ferma les yeux et repensa à tout à l'heure avec Machine. C'était doux. Il l'aimait bien Machine. Il aimait bien surtout lui faire tout ce qu'il lui faisait. Son portable sonna. Il laissa sa messagerie prendre le relais. À l'autre bout de la ligne, Matthieu, chef de projet de LA Comm lui demandait s'il n'avait pas oublié leur rendez-vous de 14 h 30. Ils devaient bosser le dossier « Bien d'Ici » de Barbezieux, l'inauguration avait lieu dans trois semaines. Louis effaça le message.

Il avait zappé. Entre les messages vocaux, écrits, les mails, les notes..., les rappels s'affichaient et clignotaient dans tous les sens sur l'écran de son téléphone. Son iPhone ressemblait à un arbre de Noël et Louis n'y prêtait même plus attention. Il prit le temps de régler et fila vers le bureau. Il remettrait Matthieu à sa place en arrivant. Impertinent, insolent, limite petit con : c'était quoi ces façons de dire à son patron « Louis, j'espère que vous n'avez pas oublié… » ?

À 17 heures, le portable de Louis Jamet sonna. C'était Huvier. Les entreprises s'étaient engagées à doubler les équipes jusqu'à mi-juillet. On devrait tenir le planning. Il ne fit aucun commentaire, se contentant d'un « OK, à mardi prochain ». C'était quand même dingue : il fallait gueuler tout le temps pour que les choses avancent. Ce n'était pas de sa faute, à Louis, s'il devait s'énerver en permanence.

Aucun rappel d'agenda ne s'afficha. Louis savait pourtant qu'il avait rendez-vous. Il se rendait parfois en semaine au club de tir. Il se garait d'habitude devant le bâtiment. Ils n'avaient rien convenu de particulier mais cette fois, il en fit le tour. La camionnette blanche était là. Sylvie Valmont l'avait récupérée lors d'un renouvellement de matériel : on devinait encore les lettres DEVON sur les flancs du véhicule. Les autocollants avaient été enlevés mais la colle avait laissé une trace brune. À l'abri des grands thuyas qui bordaient la propriété du club de tir, Louis arrêta sa voiture, déclencha l'ouverture du coffre et sortit du véhicule. Il s'approchait pour saisir le sac de sport lorsque la porte de l'utilitaire voisin claqua.

— Jolie voiture, monsieur Jamet.

— Merci monsieur…

— Dmitri. Cela suffit.

— Merci Dmitri.

Il lui tendit le sac. Dmitri s'en empara et l'ouvrit. Il entreprit de compter les coupures. Louis Jamet se sentait un peu fébrile. Même s'il essayait de se la jouer décontracté, sa voix laissait percer une sorte de vibrato. Entraîné comme il l'était, l'autre l'avait perçu. Avec ses yeux bleus délavés, ce grand type mince à la tête de tueur le rendait nerveux.

— Que des coupures de cinquante et de cent. Vous ne nous faites pas confiance ?

— La confiance n'exclut pas le contrôle, simple question de principe, monsieur Jamet. Il ne faut jamais compter sur les autres. Je serais mort dix fois en Tchétchénie si je m'étais reposé sur mes camarades.

Le type prenait son temps pour compter. Il transvasait au fur et à mesure les liasses dans un sac Leclerc réutilisable.

— Écoutez, la somme y est. Je pense qu'il n'est pas bon de traîner trop longtemps ici.

Le type émit un petit rire aigu.

— Allons donc ! Nous ne sommes pas bien ici ? Qui voulez-vous qui nous dérange ? Et puis celui qui essaierait pourrait rapidement perdre l'envie de parler… En terminant sa phrase, Dmitri écarta le pan de son blouson : sous l'aisselle, un pistolet pendait dans un étui de cuir noir.

Dmitri comptait, sans hâte et sans relâche. Au bout d'un moment qui sembla à Louis une éternité, il referma la porte arrière de son Berlingo en lâchant un « Parfait ! » qui concluait leur rencontre.

— Je vais reprendre mon sac si vous le voulez bien, Dmitri.

— Non, il est très bien votre sac. La fermeture éclair du mien vient de lâcher et je n'ai plus rien de convenable pour aller à la salle de sport. Déjà que rouler dans ce vieil utilitaire me pèse.

– Mais j'y tiens !

– Je vous en prie, monsieur Jamet, ne soyez pas vulgaire. D'ici à demain matin, vous aurez gagné de quoi vous en payer dix autres.

Louis remonta dans sa voiture, enclencha la marche avant à la place de la marche arrière et faillit embrasser le mur du club de tir. Il manœuvra trois fois pour réussir à repartir. Un vague sourire au coin des lèvres, Dmitri fixait Louis Jamet de son regard inquiétant. Le mépris et la moquerie s'y lisaient en transparence. Le business-man colérique et autoritaire filait doux et s'humiliait. Il avait horreur de perdre la face et se savait ridicule. Il détestait Dmitri mais il n'avait pas d'autre choix que de courber l'échine. Il l'insultait copieusement en silence. *Que c'est difficile de supporter des cons qui ont de l'autorité sur vous*... Louis Jamet savait de quoi il parlait mais il n'était pas habitué à être du côté de ceux qui subissent. Dmitri fourra le sac plastique dans celui en cuir de Jamet. Pas mal les initiales « L J » en bas de chacune des anses. Ça pourrait toujours être utile si l'autre lui cherchait des noises.

15

Région de Cognac
Lundi 10 juin 2019

Malgré l'obscurité de l'édifice, Antoine n'avait pas enlevé ses lunettes noires. Le premier rang de l'église, celui réservé à la famille de la défunte, n'était rempli que de visages creusés par le chagrin, d'yeux rougis par les larmes.

Le père François-Régis éternua avant de prendre la parole. Il était transi. L'église de Cherves Richemont restait froide et humide. Les portes ouvertes une heure seulement avant le début de la cérémonie ne pouvaient suffire à réchauffer l'édifice. Même le temps était triste. Le début de juin laisse souvent la part belle à la fraîcheur et à la pluie. Débarqué un an plus tôt de son Togo natal, le père François-Régis, de la Communauté Saint-Jean, avait du mal à s'acclimater à la Charente. Il avait été nommé, quelques semaines auparavant, curé du secteur paroissial. Les « petits gris », comme on surnomme les frères de la communauté Saint-Jean, facilement identifiables grâce à leur robe grise, étaient installés dans leur prieuré de Richemont à quelques encablures de là. Leur mission consistait notamment à faire vivre ce qui restait de chrétienté dans une terre qui avait tant contribué à son renom avant de brûler ce qu'elle avait longtemps adoré.

Le père François-Régis n'avait plus qu'un mouchoir en papier en poche. Il espérait pouvoir tenir jusqu'à la fin de la cérémonie. Il ne devait pas se laisser distraire par cette pensée incongrue même s'il n'y avait aucun enfant de chœur à envoyer discrètement à la sacristie pour rapporter une feuille d'essuie-tout. Il raccourcirait peut-être légèrement l'homélie. Manifestement, tout le monde s'en foutait un peu, l'assistance n'était pas pieuse, hormis bien sûr les parents de la défunte, deux piliers des équipes paroissiales. Madame Chambourg, la mère de Claire, menait souvent les chants à la messe du dimanche. Elle se tenait aujourd'hui au premier rang, incapable d'articuler un mot ou de chanter une note.

Pour ses beaux-parents, et puis parce que « ça se fait », Antoine avait accepté un enterrement religieux. Il avait reçu une éducation catholique plutôt classique à laquelle, tout aussi classiquement, il avait tourné le dos vers la fin de l'adolescence. Aujourd'hui, Antoine ne bouffait pas du curé, mais la religion était pour lui quelque chose d'inutile, de moins utile que la littérature du moins. Il vivait bien sans Dieu. C'était Claire qui lui manquait, et personne d'autre.

Dans les bras de son père, Gisèle s'amusait à essayer d'enlever les lunettes noires d'Antoine. Doucement, il écartait la tête et serrait sa fille contre lui. Il n'écoutait rien que les éternuements du curé qui ponctuaient la bénédiction funèbre. Gisèle gigotait, s'agitait un peu. Antoine recula sa chaise pour la poser sur la planche de bois qui servait de prie-Dieu. Le père François-Régis profita du bruit du frottement des pieds de chaise sur la pierre du sol pour renifler un grand coup.

Le temps était venu de l'homélie. Le curé se lança prudemment dans un périlleux exercice oratoire. Il en avait pas mal discuté avec son supérieur avant de recevoir sa première paroisse, celle de ce coin de campagne à côté de Cognac. Le père François-Régis avait bien intégré le fait que les Occidentaux redoutent et détestent la mort, eux dont l'esprit est accaparé par leur nombril et leur confort matériel. Il marchait sur des œufs à chaque enterrement, et aujourd'hui plus encore. Il était censé incarner l'espoir et la joie à la perspective d'une vie éternelle. Il s'adressait à des gens qui avaient perdu une épouse, une fille, une parente, une amie, une collègue à l'âge de 37 ans, en laissant sur terre une gamine née quinze mois plus tôt et un mari désemparé. Pas facile dans ces conditions de délivrer un message audible. Il pouvait trébucher à tout moment et paraître déplacé. Heureusement pour le père François-Régis, la défunte avait succombé à une mort violente. Il redoutait par-dessus tout d'enterrer des enfants malades. Dans le cas présent, le diable avait certainement plus à voir que le bon Dieu dans la mort violente de Claire.

Gisèle avait traversé l'allée centrale d'un pas incertain pour trouver refuge dans les bras de sa tante Vanessa. La sœur d'Antoine adorait sa nièce. Elle avait l'âge de Claire. Elles s'entendaient bien toutes les deux. Vanessa était profondément marquée par le décès de sa belle-sœur, mais elle faisait face, pour Antoine et pour Gisèle. Si elle en avait eu besoin, ce drame lui aurait rappelé qu'elle vivait, elle, dans une situation bien plus périlleuse. Statistiquement, les chances que les places d'Antoine et Vanessa fussent inversées étaient grandes. Avec un mari militaire engagé depuis quatre longs mois au Mali dans la mission Barkhane, Vanessa avait souvent envisagé de se retrouver dans la situation imprévisible de son frère. Elle tentait bien de ne pas trop y penser. Elle s'ingéniait à voir le bonheur partout. Elle voulait profiter des moindres instants, ceux-là même dont les aigris et les pisse-vinaigre, trop occupés à s'inventer des problèmes quand ils n'en ont pas de vrais, n'arrivent pas à soupçonner l'existence. Vanessa était-elle l'inventeuse d'une philosophie de l'optimisme comme lui disait parfois son frère ? Cédait-elle plus prosaïquement à une sorte de frénésie de peur que tout s'arrête demain ? L'éternuement du père François-Régis fit lever le nez de Gisèle, tout occupée à inventorier le contenu du sac à main de sa tante.

Du fond de l'église, une longue procession s'avançait maintenant pour venir bénir le cercueil. Certains s'inclinaient simplement devant la dépouille, d'autres touchaient du bout des doigts le bois du cercueil, d'autres encore esquissaient avec plus ou moins de bonheur des signes de croix avec le goupillon, répandant l'eau bénite sur le sol. Gisèle observait avec convoitise la petite flaque qui se formait au pied du cercueil de sa maman.

Tant de monde se pressait que la cantate BW 180 de Bach, « Schmücke dich, ô liebe Seele » (« Pare-toi, ô mon âme »), choisie par les parents de Claire pour accompagner la bénédiction du corps était terminée depuis belle lurette. La petite dame qui assistait le père François-Régis pour la cérémonie ne savait pas faire fonctionner la sono. Elle était venue lui dire discrètement en lui glissant dans la main un paquet de mouchoirs en papier parce qu'elle avait bien remarqué l'embarras du curé. On n'entendait que le bruit des semelles du troupeau qui s'étirait dans l'allée centrale avant de regagner sa place par les allées latérales. Ceux qui se trouvaient dans la file de gauche jetaient parfois un regard appuyé à Antoine, inatteignable derrière ses verres noirs.

Le père François-Régis précisa que seule la famille se rendrait au cimetière pour l'inhumation. Antoine se retrouva dehors devant la porte de l'église sans trop savoir comment, encadré par ses parents et ses beaux-parents. Il était absent à lui-même depuis ce maudit vendredi. Il tenait le choc pour Gisèle. Il s'y cramponnait, s'en voulant parfois de faire peser sur de si petites épaules le poids de sa survie. Il avait emménagé chez Vanessa avec sa fille. Il ne voulait pas remettre les pieds chez eux. Il ne s'en sentait pas capable. Gisèle, en compagnie de sa tante, jouait dans l'herbe voisine. Que faisait-elle ? se demandait Antoine en la regardant. Observait-elle les escargots, écrabouillait-elle des gendarmes du bout de sa chaussure ? Vanessa prit la petite dans ses bras et déambula alentour. Déjà les premiers véhicules repartaient. Ce soir, ces gens-là boiraient leur apéro et iraient se coucher. Dans une semaine, ils penseraient à leurs vacances. Pour Claire, tout était fini. Elle serait bientôt dans le trou. C'était dégueulasse.

Elle ne connaissait pas cette jeune femme qui avait regardé Gisèle avec insistance. Jeune, habillée un peu strict : une collègue d'Antoine ou de Claire ? Une amie du couple ? La Majore Labat avait tenu à assister aux obsèques de son premier cadavre. Méconnaissable en civil, elle avait réussi à se glisser discrètement jusqu'à un rang avancé. Elle avait surveillé le mari. Rien ne transpirait de son attitude, rien sinon l'abattement, l'hébétude, la tristesse. Ne pas oublier qu'il pouvait l'avoir fait quand même. Elle avait tenté de mettre des visages sur les noms recueillis au début d'une enquête qui avait démarré sur les chapeaux de roue avant de s'enliser lamentablement. L'amant n'était pas là. L'histoire était terminée depuis plus de trois mois, leur avait-il confié. Il ne faut jamais croire ce que ces types vous racontent. Elle l'avait appris à l'école de gendarmerie. Il avait un alibi en béton pour le jour du meurtre. Elle avait croqué Gisèle des yeux, ce bébé « si mignon » dixit Clémence, sa sœur, qui lui avait demandé ce que devenait la petite qu'elle avait gardée une partie de la journée de la découverte du corps. Mathilde Labat ne savait pas précisément ce qu'elle venait chercher dans l'église Saint-Vivien. Elle avait cru benoîtement lever une nouvelle piste, croiser un visage ou un regard, quelque chose qui trahirait un coupable jusqu'alors insaisissable. Elle rentrerait bredouille. Elle tenait pourtant à boucler l'enquête. Ses collègues de la Section de Recherches la récupèrerait sinon. Elle finirait sa carrière à faire souffler dans le ballon et à dresser des PV pour du stationnement interdit. Malheureusement, il ne servait à rien de traîner par ici. Elle n'apprendrait rien de plus.

Elle monta dans sa voiture et enclencha la marche arrière. La petite Audi A1 se mit à sonner de partout. Les voitures à côté étaient trop proches et le muret devant également. Le vacarme des avertisseurs sonores, merveilles de la technologie, rendait la Majore Labat nerveuse et maladroite. Elle tenta de reculer mais les bips se muèrent en un sifflement strident et continu. Une voiture derrière la sienne, garée perpendiculairement, l'empêchait de manœuvrer correctement. Elle ne pourrait pas sortir tant que l'un des trois véhicules n'aurait pas fichu le camp. Décidément, la journée de merde continuait ! Elle s'était coltinée une heure et demie de voiture pour venir jusqu'ici, tout ça pour ne rencontrer que des gens qui semblaient authentiquement tristes. Elle n'avait rien trouvé qui aurait pu faire avancer l'enquête et elle était maintenant coincée dans sa bagnole qui continuait de sonner l'alarme fidèlement. Elle coupa le contact d'un geste rageur et tapa sur le volant en lâchant un « fait chier !» qui la soulagea à défaut de résoudre ses problèmes. Elle sortit de sa voiture et regarda autour d'elle. *Quelle pine d'huître a bien pu se garer comme ça ?* Les collectionneurs se croient tout permis. Elle était jolie au demeurant cette vieille voiture. Mathilde ne connaissait pas. C'était quoi ? 504 coupé. Pas mal, le look années 70. La caisse semblait être dans un état impeccable. Par réflexe, la Majore contrôla la vignette d'assurance et de contrôle technique. Elle nota même mentalement l'immatriculation. 9393 MY 16. On ne voyait plus beaucoup de vieilles plaques comme celle-ci. 9393 : deux fois son année de naissance. Ça aurait pu l'amuser si elle avait eu l'esprit à cela. Tout était en règle. La Majore Labat était en repos. Elle lui aurait quand même bien collé une prune pour stationnement gênant. *Cent trente-cinq balles dans sa face à celui-là.*

Un type au crâne dégarni, la soixantaine largement tassée, arriva en pressant le pas. Il portait des lunettes de soleil, un pantalon de toile sombre, une chemise noire au col un peu élimé : pas la peine de lui demander d'où il venait.

— Je vous prie de m'excuser, je vous gêne. Je vais partir.

— Je vous en prie. Je ne suis pas pressée. C'est si terrible tout ça.

— Épouvantable.

— Vous êtes de la famille ?

— Un ami de Claire. Le type s'approcha de Mathilde et lui serra la main. Et vous ?

— Je suis une collègue d'Antoine. Je suis si triste pour lui, et pour Gisèle. On ne sait toujours pas ce qui s'est passé ?

— Malheureusement non. Peut-être que les gendarmes progressent mais d'après ce que je sais, ils tournent en rond.

— Vous êtes de la police ?

— Presque, sourit le type. Non, je suis journaliste. Enfin, j'étais journaliste, mais j'ai toujours quelques entrées là où il faut. J'ai été le père de Claire en journalisme. Elle était si douée. J'ai bien peur qu'elle l'ait payé.

— Comment ça ?

— Vu ce qui s'est passé, je pense qu'elle a dérangé, quelque chose ou quelqu'un. Quand elle tenait un os, elle ne lâchait rien. On ne prend pas une balle dans le dos quand on va pisser dans les fougères.

Le type était effectivement bien renseigné, car peu d'informations avaient filtré sur le meurtre, notamment pas celle que la balle avait été tirée par derrière.

— Mon Dieu, ça fait froid dans le dos ce que vous dites. On se croirait dans un film.

— Vous enseignez quoi ?

— Le français.

— Ah, vous aussi ! Eh bien croyez-moi, la réalité dépasse très souvent la fiction. Si un auteur écrivait en histoire un authentique fait divers d'un de nos coins de campagne, les lecteurs trouveraient qu'il exagère. Maintenant je vous libère la sortie, encore navré.

— Ce n'est rien ! Je m'appelle Mathilde, dit-elle en lui tendant la main. Mathilde Morin. Elle avait pris l'habitude de s'affubler du nom de jeune fille de sa mère quand elle devait ne pas révéler complètement son identité.

— Pierre, rétorqua le type. Pierre Hénaut.

— Si ce n'est les circonstances, j'ai été ravie de vous rencontrer.

Mathilde se dirigea vers sa voiture. Pierre grimpa à bord de la sienne et démarra. Mathilde sortit son mobile et créa une nouvelle note. 9393 MY 16. Pierre ENEAU ? Informé ou impliqué.

16

Région de Cognac
Lundi 10 juin 2019

Le père François-Régis avait quitté le cimetière et roulait vers la salle paroissiale de Saint-Sulpice-de-Cognac. Une réunion s'y tenait pour préparer le camp d'été de l'aumônerie. Il rentrerait ensuite au prieuré Claire de Castelbajac dans la commune voisine de Richemont et redeviendrait alors « Frère » François-Régis.

Les « petits gris » animaient toute la vie paroissiale. Ils étaient très présents auprès des enfants et des jeunes, supervisaient le catéchisme, accompagnaient les scouts. L'un d'eux était même l'aumônier du lycée privé de Cognac. Cette présence continue auprès de la jeunesse était une position hautement sensible dans le contexte de dénonciation des abus sexuels commis dans l'Église.

Frère Pierre-Étienne, le prieur avait bien remarqué que l'engouement pour les activités proposées par la communauté diminuait sensiblement. Des familles se demandaient ouvertement s'il fallait ou non confier leurs enfants aux « petits gris ». Il avait noté que certains jeunes, filles ou garçons, esquissaient un mouvement de recul si l'un des frères venait à effleurer une épaule ou une main dans une discussion. Il avait établi des règles claires avec ses condisciples en recommandant vivement d'éviter tout contact physique. Il n'empêche... Même la vie communautaire, pourtant au cœur de l'organisation des Frères de Saint-Jean, posait question chez les paroissiens.

Frère Pierre-Étienne se serait bien glissé dans un trou de souris lorsque les « petits gris » s'étaient retrouvés sous les feux de la rampe. On reprochait à leur fondateur des abus, des gestes déplacés, des attouchements. Le père Marie-Dominique Philippe était un homme si plein de charisme qu'il avait su, au milieu des années 70, créer et faire prospérer une communauté religieuse présente aujourd'hui sur les cinq continents. Mais des témoignages accablants avaient jeté le discrédit sur les « petits gris ». L'abus des frères et des sœurs, qui pouvait prendre la forme d'une effrayante entreprise organisée, était un ver qui rongeait en silence la communauté.

En 2013, le Prieur général avait déballé l'affaire devant le chapitre général, l'organe de gouvernance de la communauté. Le pavé était dans la mare. Les tribunaux avaient connaissance de plusieurs affaires. Des frères avaient quitté la communauté, certains contraints, d'autres dégoûtés. Une commission créée en interne enquêtait sur les abus commis à l'intérieur et à l'extérieur de la communauté.

Le frère Pierre-Étienne, prieur de Richemont, avait essayé de tenir bon pendant la tempête. Le courant était cependant fort, et les avirons bien courts. Pourquoi la chaîne Arte avait-elle programmé le 5 mars dernier, en première partie de soirée qui plus est, ce reportage glaçant « Religieuses abusées, l'autre scandale de l'Église » ? Comble de paganisme, la diffusion avait eu lieu la veille du mercredi des cendres, avant le Carême, la montée vers Pâques et l'ultime sacrifice.

Quel besoin d'aller remuer la mouise ? s'était interrogé Pierre-Étienne en conseil de communauté avec ses autres frères. Les remugles ne tarderaient pas à leur remonter au nez. Il ne s'était malheureusement pas trompé. Il aurait bien voulu ne pas répondre aux sollicitations des medias, mais le mot d'ordre était dorénavant la transparence. Le prieur général avait encouragé chacun des responsables des communautés locales à prendre leur part du fardeau. Ce n'était pas de gaieté de cœur que Frère Pierre-Étienne avait reçu Claire Mosnier, journaliste à *la Charente Libre*.

Elle l'avait sournoisement détendu au début de l'entretien en se présentant comme la fille de monsieur et madame Chambourg. Le couple était très impliqué dans la vie pastorale du secteur. Il avait cru un instant à un entretien bienveillant, un instant seulement. Frère Pierre-Étienne s'aperçut que la journaliste l'avait pris par les sentiments pour mieux lui sauter à la gorge. Les questions de Claire étaient incisives, impertinentes, déplacées même avait-il jugé. La journaliste avait fouiné, creusé. Elle avait retrouvé dans la Saintonge voisine une victime. Il s'agissait d'une ancienne sœur de la communauté féminine établie en Bourgogne. Elle avait trouvé refuge ici, auprès de sa famille. De là à faire des parallèles avec son prieuré, il n'y avait qu'un pas, pensa Frère Pierre-Étienne. La confusion pouvait naître dans l'esprit des paroissiens.

Quitte à déballer le linge sale, le prieur de Richemont avait pris le parti d'aborder le sujet dans toutes les réunions animées par les « petits gris », jusque dans les sermons du dimanche. Cette opération de déminage le mit au supplice. Il se rappela qu'il avait choisi pour prénom en rentrant dans les ordres la juxtaposition de ceux de deux martyrs de la foi. Il détestait parler de sexe. Cela ne se faisait pas dans le milieu d'où il venait. Le sujet le mettait mal à l'aise. Il avait fait vœu de chasteté. Il avait maudit la fille de monsieur et madame Chambourg. Pourtant il devait l'aimer, c'était le commandement du Christ.

Frère Pierre-Étienne ne pouvait pas se réjouir de la disparition de Claire. Le Ciel avait rappelé à Lui celle qui avait osé s'en prendre à Ses serviteurs en robe grise. Ce soir, il faudrait qu'il prie pour le repos de l'âme de Claire, qu'il prie sincèrement. Mon Dieu, que c'était difficile.

17

Région de Cognac
Mercredi 12 juin 2019
8 heures

— Beurre ou saindoux ?

Sylvie Valmont arrivait à peine dans la cuisine et son mari l'accueillait avec sa blague habituelle. Elle l'aimait aussi pour cela, pour son immuable humour approximatif et sa capacité à être de bonne humeur dès le matin. Benoît Valmont avait toujours confectionné, chaque fois qu'il le pouvait, les tartines de toute la famille. Leurs enfants n'habitaient plus la maison mais ils s'y retrouvaient parfois le temps de vacances ou d'un week-end. À chaque fois, Benoît reprenait avec plaisir son rôle de père-la-tartine. Le beurre (demi-sel, c'est meilleur) était également et impeccablement réparti sur l'ensemble du pain. Il pouvait, en fonction des souhaits de son client, améliorer l'ensemble avec un peu de confiture maison (prune ou fraise) ou du miel bio qui pourrait peut-être bientôt porter la marque « Bien d'Ici », c'était le prochain chantier auquel les époux Valmont avaient prévu de s'atteler.

— Je réfléchis… Saindoux je pense.

Benoît Valmont aimait la réponse décalée de sa femme, à chaque fois la même. Ce grand classique du couple le rassurait, le renvoyait au doux cocon qu'ils avaient tissé tous les deux au long de ces années.

Sylvie était rentrée tard hier. Elle avait conseil d'administration, à Rochefort qui plus est. Minuit avait sonné quand elle était revenue à la maison. Comme à son habitude, Benoît avait bien essayé de l'attendre mais n'avait pas tenu. Benoît avait toujours été un couche-tôt. Elle l'avait retrouvé allongé dans le lit, la bouche ouverte, ses lunettes de lecture posées sur le bas du nez. Le Nouvel Obs était ouvert sur le mondial de foot féminin et ces Bleues dont on attendait tant. Sylvie avait ôté les lunettes de son mari, déposé un baiser sur son front, replié le journal et éteint sa lampe de chevet. Il avait émis un léger grognement avant de se retourner.

Sylvie Boulard, épouse Valmont dans la vie, siégeait au Conseil d'Administration de la société Devon, sous son nom de jeune fille. Les agriculteurs ont toujours eu le goût du secret. Devon était une entreprise du Groupe Riel. Le patriarche, Maurice Riel, 89 ans et toujours aux manettes de l'entreprise, avait atteint l'an passé la vingtième place au palmarès des plus grandes fortunes françaises. Le Groupe Riel était une sorte de conglomérat à l'ancienne mode qui embrassait des activités fort différentes. Cela allait de l'exploitation de carrières et de la location de véhicules frigorifiques à l'industrie du bois en passant par la plasturgie. Mais le fer de lance du Groupe Riel était incontestablement Devon, l'entreprise qui fabriquait et commercialisait depuis la fin années 60 des engrais chimiques, minéraux en politiquement correct, pour le monde agricole. Devon avait son siège dans le département voisin de la Charente-Maritime, à Rochefort, une filiale à Cherbourg et une autre à Vitry-le-François. Dans une région pauvre comme celle de Rochefort, Devon était un pilier de la vie locale dont personne ne pouvait se passer. Les expéditions d'engrais maintenaient artificiellement en vie le port de Rochefort qui aurait sinon succombé depuis longtemps. Devon avait impulsé la mutation du port de commerce de La Rochelle, devenu le premier port français pour l'engrais. Associé à de grands acteurs du monde agricole et à l'un de ses principaux concurrents, Devon avait créé sur le port de commerce de La Pallice « Énergie Vrac », une entreprise de négoce d'engrais qui commerçait avec le monde entier, de la Russie à l'Amérique du Sud.

Quand Devon s'enrhumait, c'était une partie de la côte Atlantique qui toussait, et notamment Rochefort, ville sinistrée de Charente-Maritime, gangrénée par le chômage et la pauvreté. Aucun politique, de quelque bord qu'il fût, ne pouvait se permettre d'être en mauvais termes avec Devon. Trop d'activité économique et d'emplois, directs et indirects, étaient en jeu. Tout le monde mangeait gentiment dans la main des dirigeants de Devon. L'entreprise, en retour, n'était pas chienne. Chaque organisation recevait son obole, jusqu'à la représentation locale d'Europe Écologie Les Verts, un peu comme si les nazis avaient subventionné le parti sioniste. Devon était chez elle où qu'elle se trouvât, notamment à Rochefort. L'entreprise occupait des bâtiments hors d'âge truffés d'amiante qui semblaient tout droit sortis d'un film de Tim Burton et donnaient l'impression de pouvoir s'effondrer à tout moment. Peu de gens le savaient. L'usine était bien cachée dans un des nombreux méandres du fleuve que la Charente forme à cet endroit. Les contrôles de rejet anti-pollution dans l'air étaient toujours dans les normes, même si une odeur âpre se dégageait de l'usine et vous prenait immanquablement à la gorge. Les véhicules neufs du concessionnaire automobile voisin rouillaient au bout de quelques semaines sur le parking, mystère inexplicable. Les contrôles de rejet anti-pollution dans l'eau étaient également toujours dans les normes. Bâtie sur des terrains marécageux, l'usine était entourée d'un paysage désertique, stérilisé par les tonnes de boues acides qui s'épandaient doucement jusqu'au fleuve voisin. Aucune étude sanitaire n'avait été menée dans la région. À quoi bon, puisque tout était dans les normes.

Robert Boulard, le père de Sylvie, très impliqué dans les instances agricoles de la région, s'était vu proposer un siège au Conseil d'Administration de Devon au début des années 80. Cela sonnait presque comme une consécration. La rémunération était dérisoire, mais ce siège donnait accès à bien plus précieux que l'argent : l'information. Robert Boulard était un administrateur actif, impliqué et dévoué. Il avait sollicité Sylvie lorsqu'en 1984 le Groupe Riel avait fait l'acquisition d'un laboratoire de recherche en Espagne. À l'époque, la jeune femme terminait ses études et s'apprêtait à devenir prof d'espagnol. Elle avait participé à de nombreux groupes de travail, traduisant infatigablement d'une langue à l'autre les propos des collaborateurs chargés de donner vie à ce projet industriel. Sylvie avait pris son rôle à cœur, et pas seulement parce que son père lui demandait. D'une manière générale, elle allait au bout des choses, elle était tenace, persévérante. Elle avait réussi à assimiler et à comprendre le vocabulaire technique, enjeu de taille. Elle s'était fait expliquer les machines et les molécules, les dosages et les mélanges. Pendant de longues années, elle avait accompagné le Groupe Riel de l'autre côté des Pyrénées. Et puis un jour, l'anglais était devenu la langue commune à l'ensemble des comités de direction du groupe. C'était le progrès.

Au décès de son père, le Conseil d'Administration de Devon avait assez naturellement proposé à Sylvie Boulard de reprendre son fauteuil. Elle n'avait pas hésité. Cela ne se refusait pas, d'autant qu'elle deviendrait l'année suivante la femme d'un agriculteur ambitieux. Le jour où Benoît avait décidé de basculer dans le bio, moins par conviction que par opportunisme, les époux Valmont avaient rapidement tranché : Sylvie continuerait de siéger chez Devon. Mieux valait ne pas mettre tous ses œufs dans le même panier.

Benoît servait le café de Sylvie dans son mug. Il lui avait préparé son verre de jus de pomme.

— Ça a été hier ?

— Oui, pas grand-chose à signaler. Devon devrait encore se séparer de quelques voitures.

— Des utilitaires ?

— Oui, mais peut-être aussi le 3008 du directeur industriel.

— Ah, ça pourrait être une bonne idée. Jamet m'a dit que le Russe se plaignait de sa voiture.

— Non mais il va où celui-là ?! Il veut que je lui rappelle combien il l'a payée sa bagnole ?

Benoît regarda Sylvie d'un air entendu.

— Et Rouillac ? demanda-t-elle

— Desroches a fait prolonger son arrêt de travail.

Le responsable du point de vente Bien d'Ici de Rouillac avait senti le vent venir. Sylvie Valmont avait eu du mal à rester calme devant le spectacle désolant du magasin qu'ils avaient visité avec Benoît quinze jours avant. C'était sale, du parking aux vestiaires en passant par les allées. Les rayons étaient à moitié vides. Quant aux fruits et légumes, qui assurent presque la moitié du chiffre d'affaires d'un magasin bio, ils étaient fanés, blettes, moches, mous. Pas étonnant que les clients désertent le magasin. Desroches, le responsable, s'était fait souffler dans les bronches sur-le-champ. Ça sentait la lettre recommandée, l'avertissement, peut-être même la mise à pied. Christophe Desroches avait préféré ne pas voir ça. Il était allé trouver son médecin et avait invoqué le surmenage.

— Eh bien ce n'est pas en se planquant qu'il va améliorer son cas celui-là. J'appelle l'avocat ce matin. Rien ne nous empêche de lui envoyer son recommandé même s'il est en arrêt. Tu vois, encore une fois on a été trop gentil. On a préféré attendre qu'il revienne. Ça nous apprendra.

— Tu viens avec moi chez LA Comm ?

— Tu y vas pour quoi ?

— Barbezieux. Le plan de communication pour l'ouverture.

— Ok mais on ne traîne pas. J'ai un rendez-vous avec la Mission Locale pour voir les CV qu'ils peuvent nous proposer à 11 heures.

— Bien chef !

Benoît déposa un baiser sur la tempe de son épouse et lui chipa son reste de tartine.

18

Saint-Martin-de-Ré
Mercredi 12 juin 2019
19 heures

Mathilde Labat ne répondit pas au SMS de sa copine Alexandra qui lui proposait d'aller prendre un pot sur le port. Elle avait autre chose à faire. Elle sortit de son bureau bien encombrée. Elle tenait serré dans les bras un classeur à sangle volumineux sur la tranche duquel elle avait écrit au marqueur : « MOSNIER ». L'anse de son sac de travail était prise dans sa main gauche, son sac à main accroché à son épaule droite. Elle continuerait de travailler chez elle ce soir. Elle voyait demain le Capitaine de Surmon pour un point sur l'enquête du meurtre de Claire Mosnier. À défaut de lui apporter le coupable sur un plateau, elle voulait se montrer irréprochable dans l'approche et la connaissance du dossier.

L'idée de l'échec la hantait. Elle devait trouver un nouvel angle d'attaque pour son enquête : la boucler avec succès n'était pas une option pour la Majore Labat. Mathilde avait toujours réussi, dans un milieu qui, sans être franchement hostile, restait quand même profondément macho. En tant que femme, elle devait se battre plus que les autres pour se faire admettre, asseoir son autorité, convaincre sa hiérarchie de sa compétence. Les jolis yeux verts de Mathilde abritaient une volonté de réussir et une détermination sans faille. Tant pis pour Alexandra, elles se verraient une prochaine fois.

Elle se dirigeait vers la porte latérale des locaux de la gendarmerie, celle qui, depuis les bureaux, donne directement dans l'allée qui mène aux logements de fonction. Elle réussit à composer le code de sa main libre et poussa la porte de l'épaule. Cette saleté de ferme-porte était encore grippé. Mathilde s'arrêta sans se retourner, se contorsionna légèrement et leva le pied droit pour rabattre la porte. Sa semelle de chaussure se prit dans le tissu du pantalon un peu trop large de son uniforme. En essayant de se dégager, elle trébucha et tomba lourdement. Elle n'avait pas voulu lâcher le dossier du meurtre. Un juron peu usité dans le vocabulaire habituel de la gendarmerie lui échappa.

— Majore Labat !

Marcadier sortait de la résidence réservée au logement des gendarmes au même moment. Il se précipita pour aider sa supérieure à se redresser.

Et merde ! Il fallait en plus que Marcadier passe par là. C'est bon, ils vont encore avoir de quoi se foutre de ma gueule demain matin au café.

Mathilde fit bonne figure. Elle remercia le brigadier Marcadier et l'assura que tout allait bien.

— Vous ne vous êtes pas ratée tout de même, lui fit remarquer Marcadier en désignant sa main râpée par l'enrobé rouge de l'allée.

— Oh ce n'est rien. L'essentiel, c'est que le dossier n'ait pas souffert.

Elle me fait mal cette putain de main. Et le coude aussi bordel de chiotte. T'en verras rien, Marcadier. Que dalle ! Mathilde parlait comme un charretier quand elle était en conversation avec elle-même, ça lui permettait d'évacuer.

— Oui, félicitations Majore. On aurait pu croire que vous marquiez un essai. Je vais peut-être vous inviter à jouer avec l'équipe de rugby de Saint-Martin.

— Bonne soirée Brigadier.

— Bonne soirée Majore.

Décidément, elle n'était pas rigolote la Majore. Dommage, parce qu'elle était plutôt mignonne. Mathilde regarda Marcadier s'éloigner. Manifestement il ne filait pas à l'entraînement de rugby. Il devait avoir un rancard. Une paire de New Balance aux pieds, un short en tissu marron avec un petit revers sur le bas qui laissait voir des jambes musclées et poilues. Polo blanc discret. En haut du biceps, Mathilde avait deviné un tatouage maori. Marcadier n'était jamais en manches courtes pendant le service. C'était quoi ce parfum ? Elle l'avait déjà senti. Mathilde ne se souvenait plus. Cela faisait bien longtemps qu'elle ne s'était pas apprêtée pour un rendez-vous, bien longtemps qu'elle n'avait pas passé un peu de temps avec un mâle sapé et parfumé. Elle n'avait pas le temps. Ce soir, il fallait qu'elle bosse le dossier Mosnier.

Elle entra dans son appartement, posa ses affaires et fila dans la salle de bains se désinfecter la main. Elle regarda son coude. Elle n'y décela rien de particulier.

Il était seulement rouge et douloureux. C'était sur lui qu'elle s'était réceptionnée, affalée plutôt. Elle s'était couverte de ridicule. Elle préférait ne pas y penser tout de suite. Elle avait besoin de toutes ses facultés pour plancher ce soir.

Elle ouvrit la fenêtre de son appartement et laissa entrer l'air iodé de l'île de Ré. Le temps était magnifique ce soir. Marcadier devait être en train de boire une bière en terrasse. Mathilde ouvrit son frigo et se prépara une grenadine à l'eau pétillante. Elle ne buvait jamais d'alcool quand elle était seule, et la semaine encore moins, c'était une question d'hygiène de vie. Sa sœur Clémence lui reprochait parfois de manquer de fantaisie. Peut-être, mais Mathilde, elle, ne se tapait pas les tocards de l'île en courant entre deux jobs de serveuse ou de caissière. À tout prendre, elle préférait sa position. Certes elle ne se tapait personne mais elle avait un boulot, plus qu'un boulot même : elle avait embrassé la carrière. Dans un vieux Tupperware traînaient quelques pâtes. Un tour dans le micro-ondes, une tranche de jambon légèrement rassise à l'angle (elle avait ouvert le paquet ce week-end) et le tour serait joué. Mathilde prit sa douche et enfila son immonde tenue du soir. Dans son caleçon d'homme beaucoup trop grand et son tee-shirt Garfield jaune usé, on ne l'aurait jamais soupçonnée d'être jolie. Elle avala son dîner rapidement, zappa quelques minutes entre BFM et C News pour se tenir au courant des infos du jour et se plongea dans le dossier.

La nuit la surprit dans son canapé. Elle s'était assoupie avec des papiers sur le ventre. Minuit. Combien de temps avait-elle dormi ? Mathilde se leva pour refermer la fenêtre : l'air restait toujours frais la nuit dans l'île. Elle se dirigea vers la chambre et se coucha directement. Marcadier était rentré. Leurs appartements étaient voisins et les cloisons minces. Marcadier n'était pas seul. Une femme. Peu de bruit. Pas de grands cris. Juste un râle régulier. Ils faisaient l'amour. Cela semblait doux. La femme se laissait aller sans vulgarité ni retenue. Mathilde écoutait. Elle souleva son tee-shirt et glissa sa main sur son ventre. Son autre main caressait ses seins. Elle se déshabilla complètement. Le duvet qui courait du pubis au nombril était dressé dans un frisson. Mathilde commença à se caresser doucement. Marcadier avait joui. Les mains de Mathilde s'affolaient. Ses doigts allaient, venaient, touchaient, pénétraient, s'attardaient convulsivement sur toutes ses parties les plus intimes. Elle brûlait de partout. Elle mordit son tee-shirt Garfield pour réprimer un cri puis s'endormit dans le silence de la caserne.

Mathilde ne savait plus au réveil si elle avait rêvé. Elle était nue. Cela devait bien être vrai. Le doux souvenir d'une sensation de bien-être l'envahit. Cela faisait longtemps qu'elle ne s'était pas touchée. C'était bon. Si Marcadier savait…

Elle sortit du bâtiment qui abritait les logements et décida de marcher un peu avant de rejoindre les bureaux de la brigade. Elle longeait les places de stationnement réservées aux véhicules personnels des gendarmes. Qu'est-ce que la Clio de sa mère faisait sur l'emplacement de parking de Marcadier ? Non, ce n'était pas possible. Elle regarda de nouveau l'immatriculation : aucun doute n'était permis.

— Allô maman ? C'est Mathilde.

— Coucou ma chérie, oui je sais que c'est toi, c'est écrit sur mon téléphone ! Ça va ?

— Tu t'es garée où hier avec ta voiture ?

— Oh, nulle part, je l'ai prêtée à ta sœur qui avait un rendez-vous à Saint-Martin. Elle n'est pas encore rentrée. Pourquoi tu me demandes ça ?

Mathilde se liquéfia.

— Allô, allô ? Bon, ben ça a dû couper.

La mère de Mathilde raccrocha.

Mathilde avait honte. Mathilde était en colère. Des deux sentiments, lequel était le plus fort ? *Putain, Clémence, ça va chier des pointes !*

19

Saint-Martin-de-Ré
Jeudi 13 juin 2019
14 heures

— On piétine, Major, on piétine !

La Majore Labat, qui avait su reprendre ses esprits depuis l'incident de ce matin, réprima une moue désappointée. Le Capitaine de Surmon avait raison. L'enquête sur le meurtre de Claire Mosnier piétinait, pataugeait. Se le répéter en boucle n'y changeait rien. Ce n'était pas non plus le meilleur moyen de faire avancer le dossier.

— Qu'est-ce qu'on a de concret si on reprend le dossier depuis le départ ?

L'intime conviction du Capitaine de Surmon était que l'assassinat était l'œuvre d'un proche. C'est souvent à côté des victimes, tout à côté et surtout chez les personnes insoupçonnables, que se terre l'auteur d'un acte crapuleux ou criminel.

La Majore refit le film de l'enquête depuis son démarrage et reprit les différentes pistes qu'ils avaient explorées. Elle savait qu'elle tournait en rond mais elle n'arrivait pas à voir la faille. Pourtant, il existait un endroit, un trou de souris peut-être, par lequel elle n'avait pas regardé. Elle s'était forcée à envisager toutes les causes possibles et imaginables. Elle avait nécessairement négligé une piste. Son manque de performance l'irritait au plus haut point.

L'accident : non, ce n'était pas un accident. Un type aurait pu se mettre à nettoyer sa 22 Long Rifle à 23 heures ce jeudi soir fatal et un coup aurait pu partir accidentellement, mais les premières habitations étaient bien trop éloignées et absolument pas dans l'axe de pénétration de la balle dans le dos. De la même manière, il paraissait difficile d'admettre qu'un braconnier ait pris la victime pour un chevreuil ou un sanglier. La hauteur à laquelle la balle avait pénétré dans le dos était compatible avec l'hypothèse. Cependant, dans la dune, on chasse le lapin. On ne tire pas à balle sur un lapin. Quant au gibier d'une manière générale, il n'éclaire pas son chemin la nuit avec une lampe frontale.

Sur ce point, l'enquête n'avait pas permis de déterminer si celle-ci était allumée au moment du décès. Le modèle attaché autour de sa tête fonctionnait sans pile. La batterie, rechargeable sur un port USB, était vide quand la promeneuse avait découvert le corps le vendredi matin. Le mari n'avait pas su dire si la batterie était pleine ou non lorsque sa compagne avait quitté la tente. Il avait déclaré qu'elle s'occupait toujours de préparer les affaires pour les week-end sur le terrain de l'île de Ré car elle y venait depuis son enfance et savait ce qu'il fallait emporter. C'était elle qui avait fait découvrir le camping à son mari. Peut-être la lampe frontale avait-elle brûlé une partie de la nuit avant de s'éteindre, peut-être Claire Mosnier s'était-elle trouvée à cours de batterie alors qu'elle était déjà accroupie dans les fougères. Le bouton qui commandait l'éclairage, placé au-dessus de la lumière, était désactivé quand avaient eu lieu les premières constatations. Cependant, le bouton, assez sensible, avait pu changer de position au contact d'une branche ou d'une écaille de pomme de pin lorsque la femme s'était effondrée : elle était partie avec ce secret, et d'autres, dans la tombe.

S'était-elle trouvée au mauvais endroit au mauvais moment ? Cela aurait pu arriver. L'île de Ré est un endroit en vogue, peuplé pendant les vacances d'une clientèle riche et branchée. La drogue, la cocaïne notamment, y circule allègrement. Il est facile d'accoster un peu partout à bord de petits bateaux rapides du type Zodiac, souvent utilisés pour le transport de la came. La brigade de Saint-Martin-de-Ré patrouillait très régulièrement et réalisait parfois quelques belles prises, comme ce trafic d'héroïne et de cannabis démantelé aux Portes-en-Ré en novembre 2018 après de longues semaines d'enquête, mais l'île restait une passoire. La victime aurait pu déranger des trafiquants en livraison. Il faisait nuit, le coin était discret, on accostait facilement vers la plage de Gros Joncs et l'heure de la marée était favorable. Mais si cela avait vraiment été le cas, si son chemin avait croisé celui d'hommes de main de la drogue, elle s'en serait aperçu et aurait tenté de fuir. Elle aurait crié pour réveiller son mari. Le mari n'avait rien entendu. En outre, elle aurait été abattue en pleine course, pas bêtement accroupie en train d'assouvir un besoin naturel. Il était évident, d'après sa position et son occupation confirmée par les analyses des prélèvements effectués au sol, qu'elle ne s'attendait pas à recevoir une balle. Elle avait été surprise. Malik, le balisticien de la Section de Recherches, avait été formel à ce sujet.

Le Capitaine de Surmon fit remarquer à la Majore Labat qu'on n'appelle pas ses collègues par leur prénom dans l'Institution. La gendarmerie n'est pas le Club Med. Mathilde opina, se demanda intérieurement pourquoi elle parlait du Lieutenant Berkame aussi familièrement, rougit un peu et enchaîna rapidement.

Elle avait également envisagé que la victime pût enquêter sur un sujet sensible type politique, urbanisme ou drogue à l'île de Ré. Mais on n'enquête pas nue dans la dune au milieu de la nuit. Cependant la piste crapuleuse n'était pas à négliger. La journaliste avait la réputation d'être curieuse et accrocheuse, du genre à ne pas lâcher un os s'il restait quelque chose à ronger dessus. En reprenant ses articles et les sujets sur lesquels elle avait travaillé, la Majore Labat avait trouvé plusieurs dossiers explosifs. Claire Mosnier n'épargnait rien ni personne dans ses investigations. Aurait-elle pu faire naître un désir de vengeance ? Sur les trois dernières années, la Majore Labat avait repéré plusieurs pistes qui pouvaient sembler sérieuses.

À l'automne 2016, la journaliste avait mené une enquête fouillée sur l'ouverture incessante de nouveaux kebabs. Elle constatait la prolifération de ces établissements, tous, à peu près, toujours également vides. Des commerces déserts qui se montent les uns après les autres et dont les propriétaires adorent rouler dans des grosses cylindrées allemandes. Claire Mosnier n'y allait pas par quatre chemins : ces bouges faisaient partie d'un circuit de blanchiment et servaient à recycler l'argent du trafic de la drogue ou de la prostitution. Elle avait réalisé une enquête méticuleuse, recoupant des kyrielles de noms de propriétaires ou d'exploitants. Elle avait mentionné celui du médiatique, tapageur et susceptible président de l'association des Turcs d'Angoulême, Umit Ylmaz.

Dans les mois qui avaient suivi, elle avait fait vaciller le député de la circonscription de Cognac. Cela se passait en pleine affaire Fillon. Le candidat de la droite à l'élection présidentielle de 2017 accumulait emmerdements judiciaires, casseroles et maladresses. La presse avait révélé au grand public les dérives népotiques de l'ancien premier ministre qui faisait travailler femme et enfants en les rémunérant grassement avec de l'argent public. François Fillon n'était ni le seul, ni du seul bord : un peu partout en France, des politiques de droite et de gauche salariaient épouses, enfants, maîtresses, aux frais la République. La plupart ne comprenait même pas en quoi cela pouvait déranger. Jean-François Jamet, le député de la circonscription de Cognac, ne faisait pas exception. Il avait été épinglé par la victime. Le député qui se présentait sous la double étiquette MODEM/La REM avait finalement été réélu mais l'affaire avait fait grand bruit et l'avait mis en difficulté.

L'an passé, Claire Mosnier avait nommément mis en cause Mireille Cambella, la présidente de la Communauté de Communes de la Charente Limousine.

Les éoliennes pullulaient dans ce coin de Nouvelle Aquitaine. Ce tout petit territoire concentrait à lui seul un quart de toutes les installations éoliennes de cette immense région, la plus grande de France. Elle avait révélé dans les colonnes de son journal que l'élue, qui militait activement pour ce déploiement, avait longtemps travaillé pour le compte du cabinet de conseil qui accompagnait les collectivités locales dans ces projets. Les opposants aux éoliennes avaient obtenu le gel de quatre nouvelles implantations. La Présidente avait dû démissionner.

Elle avait également dressé un portrait au vitriol de Patrick Merlu, une des figures de proue du mouvement des Gilets Jaunes en Charente, qu'elle avait qualifié de parasite et d'opportuniste. Elle voyait en lui un nouvel Édouard Martin, le syndicaliste qui crachait sur les politiques avant de finalement aller à la soupe en devenant député européen pour le compte du Parti Socialiste. Le mouvement des Gilets Jaunes n'avait pas besoin de cela pour que ses membres s'entre-déchirent, mais ces articles avaient été comme de l'huile jetée sur le feu. Merlu était retourné à sa cellule CGT de l'usine Leroy-Somer d'Angoulême en ayant perdu une chance d'embrasser une carrière publique.

Ce n'étaient que quelques exemples. En fouillant un peu dans le passé professionnel de la journaliste, on s'apercevait qu'elle avait réussi à se tisser un solide réseau d'inimitiés. Beaucoup de gens dans la région avaient d'excellentes raisons de lui en vouloir. Elle aurait pu payer de sa vie sa curiosité, son professionnalisme, une persévérance qui pouvait confiner à l'entêtement. Pierre Hénaut, l'ancien rédacteur en chef du bureau de Cognac de *La Charente Libre*, l'avait confié à la Majore Labat lorsqu'ils s'étaient rencontrés aux obsèques. Le Capitaine de Surmon regarda sa subordonnée d'un air dubitatif. Il attendait la suite.

Si ce n'était pas un accident, une mauvaise rencontre ou une vengeance, restaient les proches. L'examen de l'ordinateur avait révélé l'existence d'une relation adultère, une seule sur les cinq années de mails épluchés. Cette « heureuse découverte », cela avait été sur le moment le sentiment de la Majore Labat, avait fait surgir deux suspects : l'amant et le mari. L'amant, Vincent Hallais, était commerçant. Il possédait trois caves/bars situés dans des zones commerciales en périphérie de ville, deux établissements à Angoulême et un à Cognac. Le concept, assez récent, cartonnait. Côté cave, les clients pouvaient acheter sur place vins, bières et spiritueux. Côté bar, les mêmes clients pouvaient consommer sur place. Des concerts apportaient un peu d'animation les fins de semaines. Hallais avait évoqué un coup de foudre lorsque Claire Mosnier était venue faire un papier à l'occasion de l'ouverture de son point de vente de Cognac, en novembre 2018. Leur relation avait été intense et brève. La victime avait rompu le jour de la Saint Valentin, par SMS. Vincent Hallais avait mal digéré la chose. « C'est fini. Je ne veux pas m'abîmer dans une histoire impossible. Claire ». La Majore avait lu le texto que l'homme lui avait montré. Il n'avait pas essayé de la revoir. Il pensait que le mari n'était pas au courant, mais au fond, il n'en savait rien et s'en fichait. La chose la plus ennuyeuse dans l'affaire, c'était que l'amant avait un alibi en béton pour le 30 mai au soir. Il se trouvait à Angoulême pour une soirée privée organisée dans un de ses bars. Le SA XV, le club de rugby de la ville, qui évolue en ProD2, lançait ce soir-là sa campagne d'abonnement pour la saison 2019-2020. Vincent Hallais, dont l'entreprise était partenaire du Club, était forcément de la partie. Une centaine de témoins oculaires pouvaient attester de sa présence jusqu'à une heure tardive, et au moins jusqu'à l'heure de la fermeture à 23 heures, sans compter tout le rangement et le nettoyage effectué en compagnie de son équipe. Il était matériellement impossible qu'il se soit trouvé dans l'île de Ré au moment du meurtre.

Restait le mari. Certes, la Majore Labat l'avait entendu au début de l'enquête, avant de découvrir que sa compagne l'avait trompé. Cependant, Antoine Mosnier n'avait pas l'étoffe d'un meurtrier. Il avait déclaré que leur couple allait bien, très bien même. Quelques désaccords, une engueulade par-ci par-là, souvent à propos de leur enfant. La victime trouvait son mari trop laxiste avec la petite. Rien qui justifie qu'il aille lui coller une balle dans le cœur. Le couple était heureux, il avait réussi malgré l'arrivée de l'enfant dans le foyer à maintenir une vie intime harmonieuse. Ils avaient fait l'amour le soir-même de l'assassinat. L'autopsie l'avait confirmé. Bien entendu, il ne fallait pas se fier à des choses aussi triviales qu'un rapport sexuel pour éliminer un mobile. La Majore Labat avait également fait abstraction de l'état d'hébétude du mari, que ce soit le jour de la découverte du corps ou bien celui de l'enterrement. Cet air pouvait être pure composition de la part du meurtrier. Mathilde Labat buttait sur un obstacle concret et pratique. Comment, matériellement, le mari aurait-il pu perpétrer le meurtre ? Certes, il pouvait avoir un mobile. Fallait-il encore qu'il connaisse l'existence de l'amant, ce qui ne semblait pas le cas. Mais comment s'y serait-il pris ? Il aurait dû sortir de la tente en même temps que sa femme. Admettons. Il aurait dû monter l'arme sans faire de bruit pour ne pas éveiller ses soupçons. Difficile d'ignorer les cliquètements du métal. Passe encore, on pouvait supposer que l'arme avait déjà été montée et cachée quelque part sans que la victime l'ait vue. De toute façon, il fallait alors admettre que le mari avait emporté une carabine 22 Long Rifle cachée à bord de la voiture. Une Peugeot 2008 est bien vite remplie. Cela devenait plus compliqué à croire. En outre, il fallait que le mari, après être sorti de la tente et après avoir récupéré l'arme, s'éloigne d'une trentaine de mètres, distance du tir établie par l'analyse balistique. Trente mètres parcourus dans la nuit pour aller se positionner exactement dans le dos de son épouse, viser et faire feu. Matériellement, le temps de faire tout cela, la victime aurait déjà regagné la tente. Non, ça ne pouvait pas être le mari.

Pour la Majore Labat, il fallait creuser la piste de la vengeance, mais elle cherchait une aiguille dans une meule de foin. Elle ne savait pas comment s'y prendre. Par où, par qui et comment commencer ?

— Qu'en pensez-vous Capitaine ?

— J'en pense que nous sommes à Saint-Martin-de-Ré, Majore, dans la vraie vie, et pas dans un film d'espionnage. Je pense que vous avez une imagination débordante. Je trouve que vous évacuez bien vite l'hypothèse du mari.

Le Capitaine reprit l'exposé de sa subordonnée. L'amant, d'accord, ça ne pouvait pas être lui, son alibi tenait. Mais le mari avait toutes les raisons et toutes les facilités pour commettre le meurtre, Majore.

— Croyez-moi Majore, nous ne sommes pas à OK Coral…

La Majore n'avait pas la référence mais n'osa pas s'en ouvrir à son supérieur.

— … je ne crois pas à votre idée du règlement de compte. Vous n'avez pas grand-chose à vous mettre sous la dent. Au lieu d'échafauder des théories fumeuses, revenez aux fondamentaux.

Le Capitaine démonta l'argumentation de la Majore Labat. Bien sûr que le mari pouvait avoir tué sa femme. C'était même l'hypothèse la plus raisonnable et la plus probable. Il avait sûrement appris la relation adultère de sa femme peu de temps avant. Les maris sont toujours les derniers au courant de ce genre de chose. Voilà pourquoi le meurtre n'avait pas eu lieu plus tôt. Ces dernières semaines il découvre qu'elle l'a trompé. Ça, c'est un mobile en béton. Il conçoit son plan machiavélique. Planquer une carabine n'est pas compliqué pour quelqu'un de déterminé. Il la cache donc. Ils arrivent sur le terrain. Le soir, ils font l'amour, comme si de rien n'était. Mais à ce moment-là, il sort de la tente. Il prétexte qu'il va prendre l'air, marcher dans la dune, respirer l'air pur. Sa femme ne se doute de rien. Il sort et va se planquer. Ils viennent depuis toujours ici. Il sait donc parfaitement où elle va se positionner pour uriner.

La victime, prise d'une envie naturelle, sort. Il l'abat. Il retourne se coucher et dort tranquillement jusqu'au lendemain. C'est pour cela qu'il déclare ne rien avoir entendu, mais on ne peut pas se fier à ses propos. Il n'a plus qu'à composer la tête du type abattu. Facile.

— C'est l'abatteur abattu, Majore, dit le Capitaine dans un sourire. Il était content de son trait d'esprit. Rappelez-vous l'affaire Jonathann Daval. Le corps de sa femme avait été retrouvé dans une forêt. Elle avait été étranglée et brûlée. Le mari inconsolable prenait la tête de toutes les marches blanches organisées à la mémoire de sa femme alors que c'était lui-même qui l'avait tuée. Je ne serais pas étonné que notre mari soit du même acabit.

La Majore Labat avait le sentiment que ce n'était pas la bonne piste, mais elle ne voulait pas parler de sentiment à son Capitaine. Il avait besoin de rationnel, de concret, de palpable.

— Vous savez, Majore, à force de lire et relire le dossier, vous tournez en rond. Vous perdez votre lucidité. Convoquez-moi le mari. Nous saurons bien le faire parler.

— Bien mon Capitaine.

La Majore Labat se leva rapidement. Elle avait la gorge nouée et les yeux mouillés. Elle perdait sa lucidité ! L'idée de ne pas être à la hauteur l'effrayait. Il fallait qu'elle le trouve, ce putain de trou de souris qu'elle avait négligé. D'un pas chancelant elle se dirigea vers les toilettes, s'y enferma et pleura de rage.

20

Cognac
Jeudi 13 juin
15 heures

Gisèle s'éveilla en pleurant. Il était rare qu'elle dorme aussi peu à la sieste, mais cela arrivait parfois quand la couche débordait. C'était le cas cet après-midi. Vanessa accourut et prit sa nièce dans ses bras.

— Coucou ma puce.

Gisèle se calma à l'arrivée de sa tante. Elle lui tendit les bras. La chambre empestait le caca de bébé. Le cœur de Vanessa débordait d'amour et de tendresse pour sa nièce, encore plus qu'avant. Il ne le fallait pas, Vanessa le savait et y prenait garde. Gisèle ne devait sentir ni commisération ni pitié autour d'elle. Elle était une petite fille, un bébé comme tous les autres bébés, qui grandissait, s'affirmait, marchait de mieux en mieux, tripotait tout ce qu'elle pouvait attraper, mettait à la bouche des tas de choses dégueulasses, *sales pardon*, il fallait que Vanessa surveille son langage.

Le décès de sa mère ne faisait pas d'elle un être à part qu'il faudrait préserver, protéger, élever sous cloche. Gisèle vivrait avec sans se poser plus de question. Cela ferait partie de son histoire. Vanessa serait une tante plus présente que d'autres Tatas déjà accaparées par de la marmaille à elles. Pour les semaines qui venaient, elle s'impliquerait plus que la normale dans l'éducation de Gisèle. Pour la petite bien sûr, pour la petite et pour Antoine. Pas pour elle-même. Gisèle n'avait pas vocation à combler ce désir d'enfant qui ne venait pas, même si les tentatives pour en avoir étaient nombreuses et jusqu'à ce jour infructueuses. Pas facile, avec un mari parti le plus clair de son temps combattre les djihadistes africains, de fabriquer un petit être rien qu'à soi. Gisèle n'était pas une compensation. Elle était un être humain comme tous les autres : elle n'avait jamais demandé à venir au monde et il fallait bien qu'elle s'adapte. Autant essayer de rendre la chose la plus simple possible.

On parlait de maman avec Gisèle. Le soir, au moment de se coucher, on parlait de la nuit qui allait venir, des étoiles qui, bientôt, brilleraient dans le ciel. Claire était devenue une petite étoile qui, là-haut, veillait sur Gisèle et sur papa et sur toute la famille. Maman-étoile nous regardait et prenait soin de nous. L'explication semblait pour le moment suffire car Gisèle mangeait toujours autant et dormait souvent son soûl, sauf cet après-midi.

— C'est charmant ma chérie ce que tu nous as fait là !

Vanessa prit sa nièce dans les bras et fonça vers la douche pour la nettoyer. Elle s'en était collé un peu partout. Elle n'aurait jamais pensé pouvoir supporter tout cela avant. Elle le faisait sans se poser de question, sans dégoût, s'amusant même de la chose. Quand Gisèle fut propre, elles retournèrent dans la chambre et ouvrirent les volets. En bas, dans le jardin, Antoine, en plein monologue, s'affairait sur une paire de volets posée sur deux tréteaux au milieu de l'herbe.

— Tes yeux ont refermé sur soi leur fleur pour illuminer l'ombre où me plongeront les heures qui ne te verront plus.

— Qu'est-ce que tu dis ?

— Salut les filles ! Déjà réveillée mon bébé d'amour ?

— Oui, la couche avait un peu débordé.

— Saperlipopette ! Qu'est-ce que c'est que ces couches qui débordent ?!

— Tu disais quoi ?

— Je disais : tu en penses quoi ?

Antoine ne disait pas cela du tout mais Vanessa ne voulait pas le pousser dans ses retranchements. Elle n'était ni sa mère ni sa femme, c'était à lui de parler s'il le souhaitait.

— C'est sympa. La couleur rend vachement bien.

— Elle rend drôlement bien tu veux dire…

— Oui, drôlement bien.

Un peu relou le prof de français. Vachement, c'est quand même pas un gros mot, merde ! Ceci dit, elle était très fière de son choix : le gris perle se mariait bien avec la pierre jaune de la maison et lui donnait une touche moderne et chic. Ses copines allaient adorer.

— Et pour les ferrures, tu veux qu'on fasse comment ?

— Je ne sais pas trop… T'aurais fait comment, toi ?

— Moi je les aurais laissées en noir. Ça tranche un peu. Sinon je fais la même couleur que les volets mais le résultat ne sera peut-être pas terrible.

— Ton sur ton, c'est ça ?

— C'est surtout que je peux peindre les ferrures avec de la glycéro. Ça tiendra plus longtemps. Si je les peins avec la peinture bois des volets, ça risque de faire…

— Crado dégueulasse ?

— Vanessa, flûte ! Fais attention à ton langage devant la petite. N'écoute pas les bêtises de Tata mon bébé d'amour.

— Ça risque de faire « flûte alors » ? Dans ce cas, mon brave, passez donc une couche de glycéro, je trouve ce mot follement amusant et un peu « popu » si vous permettez. L'important est que mon manoir ressemble à un manoir et que les gueux en aient la mâchoire qui tombe lorsqu'ils passent devant. J'eusse aimé à ce sujet que vous vous activassiez car la baronne nous rend visite prochainement et j'adoooorerais l'épater.

— Désolé ma p'tite dame, il va falloir attendre un peu. J'ai rendez-vous pour un bisou avec le bébé d'amour que vous tenez dans vos bras.

Antoine posa ses pinceaux dans la bouteille d'eau découpée qui lui servait de récipient entre deux couches de peinture, ôta ses gants, rentra dans la maison et fila à l'étage faire un bisou à sa fille, désormais l'unique femme de sa vie.

Antoine vivait chez sa sœur depuis ce jour maudit. Elle était seule en ce moment et pour de longues semaines encore. Ils s'entendaient bien. Il n'imaginait pas un instant remettre les pieds chez eux. Il s'y était arrêté avec ses parents pour jeter quelques affaires dans un sac et prendre tout l'attirail de Gisèle. Il avait eu l'impression que Claire était encore là, qu'elle pouvait à tout moment sortir d'une pièce ou d'une autre. Ses affaires traînaient encore dans le salon. Ses boîtes de chaussures, ah quelle passion chez Claire que les chaussures, et cette manie de garder les boîtes qui encombraient le garage et une partie du dressing. Ses post-it sur le frigo pour ne pas oublier qu'Antoine devait aller chez le dentiste le 3 juin, il n'avait même pas décommandé, et Claire chez l'ostéo mercredi dernier, il n'avait pas décommandé non plus. Les photos d'eux partout, eux un par un, eux tous les deux, eux tous les trois : dans la cuisine, les chambres, les toilettes… Claire se nichait dans les moindres recoins de cette maison qui empestait leur bonheur. Les réminiscences de ces temps heureux étaient proprement insupportables à Antoine.

Il n'avait pas la force de continuer à habiter chez eux. Son esprit était déjà rempli d'eux, du passé. Les pourquoi s'y entrechoquaient avec les souvenirs. Il ne voulait pas ajouter de la difficulté au chagrin en croisant chaque matin la brosse à dents de Claire, le mug de Claire, le sac à main de Claire, le tapis qu'ils avaient rapporté du Tadjikistan et que Claire avait choisi… Antoine tournait en boucle. « Tes yeux ont refermé sur soi leur fleur pour illuminer l'ombre où me plongeront les heures qui ne te verront plus. » La littérature habitait ses insomnies. Il ne pouvait lire que des choses tristes. Il n'arrivait pas à se distraire. Il ne lisait que des choses tristes et belles. C'est fou ce que le malheur, la douleur, l'absence ont pu produire de sublime. Il était en ce moment dans les « Élégies » de Jean Grosjean. Antoine tournait en boucle. Leur couple. Leur fille. Cette maudite soirée.

Leur couple allait bien. C'était ce qu'il avait déclaré à la gendarmette. Il n'en retirerait pas un mot. Leur couple allait bien. Il le savait déjà, avant. Il le savait d'autant plus maintenant qu'elle n'était plus là. « Only know your lover when you let her go... ». Il écoutait souvent la chanson de Passenger : rien de tel qu'une chanson triste pour bien se conforter dans son cafard. Oui, leur couple allait bien. Douze années de vie commune, ce n'était pas la fête du slip tous les jours, mais ils étaient heureux. Ils étaient heureux dans le cortège du quotidien, heureux malgré la vie qui s'ingénie à séparer ceux qui s'aiment. Ils possédaient leurs codes, leur routine, la connaissance de l'autre qui faisait que c'était elle et personne d'autre. Claire avait retrouvé le goût de son corps ces dernières semaines. Il aimait ses seins un peu lourds, ses hanches marquées et son cul si joliment dessiné. Quand il y pensait, Antoine bandait encore. Il n'avait plus la force de se masturber. Il pleurait.

Leur couple allait bien. Ils avaient fait l'amour juste avant. C'était doux. Si seulement il ne s'était pas endormi... Mais il s'endormait toujours après avoir fait l'amour. Si seulement elle n'était pas sortie... Mais elle devait toujours aller faire pipi après, de peur d'attraper une cystite. Si seulement ils n'avaient pas fait l'amour... Cela semblait tellement incongru de penser qu'un amour pût trouver dans l'abstinence la clé de sa survie.

Ils avaient fait l'amour. Il s'était endormi. Claire était sortie. Pourquoi ? Pourquoi Claire ? Pourquoi ce jour ? Pourquoi là-bas ? L'évocation du nom de l'île de Ré suffisait à donner le sourire à sa femme, même dans les moments difficiles. Elle adorait venir ici, sur le terrain de ses grands-parents. Elle y avait passé tant de moments magiques quand elle était gamine, des moments simples faits de promenades, de baignades, de nuits sous la tente et de douches dans les fougères. Le terrain de l'île de Ré avait le goût d'une madeleine pour Claire. Jamais il ne devait être son mausolée. Que s'était-il passé ce soir-là ? Sur qui était-elle tombée ? Pourquoi tirer sur une campeuse à la carabine ? Pourvu qu'elle n'ait pas souffert. L'avait-elle appelé avant de mourir ? Il n'avait rien entendu. S'il avait été-là, qu'aurait-il pu y changer ? Il aurait sûrement pris une balle dans le buffet. Gisèle serait une vraie orpheline à cette heure. C'était si difficile de survivre à Claire. Mourir assassiné est injuste. Continuer à vivre quand le prolongement de vous n'est plus est un supplice. Quelle avait été sa dernière pensée ? Avait-elle eu le temps d'avoir une dernière pensée ? Quel enfoiré avait bien pu faire ça, et pourquoi ?

Antoine espérait que la gendarmerie lui apporterait bientôt une réponse. Cela ne lui rendrait pas Claire. Cela lui permettrait au moins de savoir, de ne pas vivre avec ces questions lancinantes qui ne lui laissaient aucun répit. En attendant de savoir, Antoine s'étourdissait entre lecture et travaux. Il aurait dû repeindre les volets de leur maison cet été. Il repeignait ceux de la maison de sa sœur. Ses mains ponçaient, grattaient, mettaient à nu le bois avant de le recouvrir de peinture. Il s'occupait pendant que son esprit revenait toujours à ces moments avec elle, à leur vie, à Gisèle, le rempart de son existence. « Tes yeux ont refermé sur soi leur fleur pour illuminer l'ombre où me plongeront les heures qui ne te verront plus. » À longueur de journée, il ânonnait des phrases, des bribes de textes ou de poèmes, comme pour essayer de fixer des pensées qui, malgré lui, fuyaient toujours pour revenir à la douleur première. Antoine aurait voulu cantonner son esprit dans un cadre si étroit que même le chagrin n'aurait pu s'y glisser. Parfois les larmes montaient d'elles-mêmes à ses yeux, sans qu'il les ait convoquées. Une tristesse immense le prenait tout entier, le happait. Il avait envie de disparaître d'un seul coup, de n'être plus là, de n'être plus du tout, puis il pensait à Gisèle. Gisèle était sa raison de vivre. Il devait faire attention à ne pas lui faire sentir. Vanessa avait raison. Les épaules d'un bébé de quinze mois, seize bientôt, sont bien frêles pour supporter un poids aussi lourd.

Antoine redescendait se mettre au travail après avoir embrassé sa fille. Son téléphone vibra dans sa poche.

— Allô ? Monsieur Mosnier ? Bonjour monsieur. Majore Labat, gendarmerie de Saint-Martin-de-Ré.

21

Cognac
Lundi 24 juin 2019

La voiture de Pierre Hénaut s'arrêta devant la maison de Vanessa. Avec sa belle et vieille 504 coupé, Pierre ne passait jamais inaperçu. Antoine jouait avec Gisèle dans le jardin. Tata Vanessa avait acheté un petit bac à sable qui faisait le bonheur de sa nièce. Pierre s'approcha du portail et appela Antoine. Celui-ci se retourna et reconnut le mentor de sa femme. Enfin, de « sa » femme, c'était un peu vite dit… Était-elle encore « sa » femme après ce que lui avait appris la gendarmette et son connard de chef ? Peut-être que Pierre aussi s'était tapé Claire ? Pourquoi pas ? Après tout, elle avait été capable de se faire un patron de bistrot, pourquoi pas un journaliste vieillissant ? Un peu sur le retour mais beaucoup de charme, de l'élégance, de la culture et puis aussi le pouvoir de lui faire grimper les échelons… *Arrête-toi Antoine !* Il devenait fou depuis qu'il avait appris. Pierre était homo, c'était notoire.

— Salut mon vieux. Il tendit une main chaleureuse à Antoine et caressa du revers de la main la joue de l'enfant. Coucou petite Gisèle. Tu es de plus en plus jolie. Les parents de Claire m'ont dit que je te trouverais ici.

— Oui, je n'ai aucune envie de retourner dans l'autre maison.

Vanessa, qui préparait une quiche pour demain, sortit de la maison.

— Bonjour. Vous devez être la sœur d'Antoine. Enchanté. Pierre Hénaut. J'ai été le patron de Claire à ses débuts et nous sommes restés très liés.

— Vanessa. Enchantée. Entrez, je vous en prie, j'en avais terminé en cuisine. Je peux vous offrir quelque chose à boire ? Café, thé, de l'eau, un jus ?

— Un café je vous remercie.

— Tu veux quelque chose Toinou ?

— Un cognac-Schweppes s'il te plaît. Bien tassé.

Pierre riva des yeux étonnés sur Antoine. Il était 16 h 30.

— Je plaisante Pierre ! J'attends que Gisèle soit couchée avant de me soûler.

La machine Nespresso fit entendre son vibrato. Pierre Hénaut avait toujours été un grand consommateur de café. Lorsqu'il venait dîner chez eux, il en prenait toujours un après le repas. Café et clope. Parfois Claire s'en grillait une avec lui si jamais ils avaient un peu forcé sur le vin. Claire acceptait même que Pierre fume près de la cheminée, ce qui était une entorse au règlement sanitaire de leur maison. Pierre appartenait à la génération qui avait eu 20 ans vers la fin des années 60. Il n'avait jamais décroché de la clope et à bientôt 75 piges, il ne voyait pas l'intérêt de s'avancer vers la mort en bonne santé. Faire quelques années de plus pour mieux croupir dans un mouroir où personne ne lui rendrait visite : à tout prendre, mieux valait encore fumer, boire et partir vite. Ils prirent place tous les quatre au salon. Pierre était un peu gêné. Il ne savait pas comment entamer la conversation. On ne demande pas à un type veuf depuis trois semaines comment il va. Restait le recours aux banalités.

— Vous avez une jolie maison, Vanessa.

— Merci. Mon peintre personnel vient de refaire les volets, répondit Vanessa en désignant son frère.

— C'est drôle, je me suis fait la remarque en me garant, je les ai trouvés très jolis. Le gris est à la mode en ce moment.

— Tu n'es sûrement pas venu parler déco, Pierre ?

— Effectivement, pas vraiment, mais je ne sais pas par quoi commencer. J'ai peur d'être maladroit, de te blesser…

— Pas de danger de ce côté-là, avec ce que je viens de prendre dans la figure.

— Et puis les petites oreilles n'ont pas besoin de tout entendre, fit Pierre en désignant Gisèle du menton. Tu veux qu'on aille dîner en ville ce soir ?

Vanessa prit sa nièce dans les bras et se leva.

— Nous, on va se promener. Prenez votre temps.

— Je suis désolé. J'ai l'impression de vous chasser de chez vous.

— Ne vous inquiétez pas. Gisèle adore sa poussette. À toute, Antoine.

Un silence embarrassé s'installa le temps que Vanessa prépare Gisèle, lui mette un gilet (« tu l'as vu son petit gilet bleu ? »), ses lunettes (« saperlipopette, elles sont passées où ces lunettes ? ») et son chapeau (« tu peux me l'apporter son chapeau, il doit être sur sa chaise haute dans la cuisine ? »). Enfin, elles étaient parties.

— Je n'ose pas te demander comment tu vas mon pauvre Antoine…

— Bien, ça va super bien Pierre. Comme un mari amoureux dont la femme se fait assassiner puis qui apprend que sa femme le trompe et que les flics soupçonnent d'être le meurtrier. J'ai envie de dire : ne rajoutez rien, c'est parfait.

Pierre blêmit en écoutant Antoine lui raconter le cauchemar qu'il avait vécu quelques jours auparavant. Lorsque la gendarmette lui avait demandé de venir, il ne se doutait de rien. Il n'avait pas pris le temps de lui demander pourquoi elle voulait le voir. Il avait pensé que l'enquête progressait ou peut-être patinait. Ils devaient avoir besoin de l'entendre pour éclaircir quelques points, pour les aider à y voir plus clair. Au lieu de cela, il avait été accueilli en suspect et avait frôlé la garde à vue. Il comprenait maintenant mieux pourquoi les aveux ne sont pas toujours la preuve de la culpabilité de celui qui les signe. Il avait subi une pression psychologique d'une rare violence pour essayer de lui faire avouer des choses effroyables. Ils lui avaient posé les mêmes questions dix fois. Ils prenaient des angles d'attaque différents pour revenir toujours au même but de départ et voir s'il se coupait à un moment ou à un autre. Leur numéro de duettiste avait bien fonctionné. D'un côté le chef, le méchant, aboyait, accusait, dédaignait et de l'autre la gamine, la gentille, lui expliquait qu'il vivrait mieux avec la conscience tranquille. La salope ! Ils se relayaient, se reposaient pour mieux l'attaquer de nouveau quelques minutes plus tard. Antoine était seul pour faire face. Il comprenait qu'à un moment, un type un peu paumé finisse par se déclarer coupable de n'importe quoi, juste pour avoir la paix, juste pour que le cauchemar cesse enfin. Staline n'avait pas procédé autrement pendant les grands procès de Moscou. Antoine s'enflammait.

— Tout ça pour quoi ? Tu veux que je te dise Pierre ? Pour apprendre que j'étais cocu !

Pierre finit de s'enfoncer dans le fauteuil. Qu'est-ce qu'Antoine était en train de raconter ? Claire avait trompé Antoine. Il n'y croyait pas. Claire n'était pas comme ça. Elle lui en aurait sûrement parlé à lui. C'était quoi cette histoire d'amant ? Abracadabrantesque ! Pourtant, il fallait bien qu'il l'admette. La gendarmerie avait révélé à Antoine un lourd et pénible secret.

— Un patron de bistrot ? Tu te rends compte Pierre ? Un patron de bistrot ! Je ne m'en remets pas. On faisait l'amour en écoutant Rostropovitch jouer les suites de Bach, elle lisait Tolstoï pendant que je corrigeais mes copies de français et elle se tapait un patron de bistrot. Bordel de merde ! Mais qu'est-ce qu'elle a fait ?

Les gendarmes n'avaient pas épargné Antoine. Il avait appris tous les détails de l'infidélité de Claire : qui, depuis quand… ils lui auraient même dit dans quelle position s'ils l'avaient sue. Pour mieux le mettre sous pression, ils avaient omis de lui préciser que Claire avait rompu.

À un moment, ils étaient sortis tous les deux de la pièce où ils l'interrogeaient. De longues minutes s'étaient écoulées. Le méchant était revenu. Antoine ne savait pas pourquoi, mais les gendarmes avaient fini par admettre qu'il n'était peut-être (« tu te rends compte, Pierre, peut-être ! ») pour rien dans le meurtre de sa femme. Cela avait pris du temps, beaucoup de temps. Des tonnes et des tonnes de questions. Même le plus pur des innocents aurait été terrorisé et se serait facilement accusé de tous les crimes. Antoine était épuisé et déboussolé. En le raccompagnant à la porte du bâtiment, la gendarmette lui avait confié à voix basse que Claire avait rompu quelques semaines plus tôt. Mais ce « peut-être » de ce capitaine de mes deux, oui Pierre, il est capitaine ce con : « Peut-être n'êtes-vous pour rien dans la mort de votre femme… »

Antoine avait frôlé de près l'erreur judiciaire. Il s'en était fallu de peu qu'il devienne le Guillaume Seznec de la Charente. Ce n'était pas le pire. Il se rendait compte qu'il avait vécu auprès d'une étrangère. Qui était cette femme capable de le tromper sans qu'il s'en aperçoive ? Il ne la connaissait pas. Il s'était livré tout entier à elle, mais elle, à demi seulement. Il lui avait fait don de sa vie, mais pas elle. Elle avait joué la comédie. Elle ne lui avait pas tout dit. Jusqu'où faisait-elle semblant ? Il s'était trompé. Il s'était trompé pendant toutes ces années. Il aurait préféré ne jamais savoir, mourir idiot mais serein. Quelle part d'ombre portait Claire en elle ? Il avait peur de se mettre à la haïr. Elle avait sali la sincérité d'Antoine, s'en était servi comme d'un paillasson. Il était perdu, amer, rempli de colère.

Pierre aurait préféré parler déco, couleur des volets, des coussins, du sofa, des rideaux… Antoine n'était pas prêt à entendre que Claire avait pu avoir un coup de mou, flancher à un moment pour un type, n'importe lequel, sans compter qu'il est des patrons de bistrot plus cultivés que certains journalistes. À force d'en fréquenter, il finissait par bien les connaître, les couples hétéros. Les couples homos leur ressemblaient d'ailleurs à s'y méprendre, sauf que le plus souvent sans enfants pour cimenter le tout, l'ensemble est plus fragile. D'abord on s'aime comme des fous. Puis la passion cède la place au quotidien. L'être aimé devient un être humain qui laisse traîner ses chaussettes par terre, qui a des défauts, des intestins, des failles, des manies. Alors on décide ou pas de poursuivre. Parfois une herbe folle cueillie au bord du chemin aide à se remettre en route. Pour Pierre, il semblait évident que Claire avait eu une passade. Ça arrive même aux meilleurs. Elle était entière, elle n'aurait pas joué la comédie longtemps. Même les gens droits comme Claire empruntent parfois des courbes. Antoine n'était pas en mesure d'entendre tout cela. Il avait besoin que ça sorte.

— Tu as épluché ses mails ?

— Non ! Pour quoi faire ? En plus la gendarmerie a conservé son ordinateur.

— Antoine, je ne vais quand même pas t'apprendre que tu n'as pas besoin d'avoir l'ordinateur de Claire pour consulter ses mails. Le cloud c'est la vie, le prof de français que tu es devrait le savoir…

Antoine n'aurait jamais pu concevoir de consulter les mails de Claire sans qu'elle le sût. Ils avaient tous les deux un respect sacro-saint de la sphère privée de l'autre. Il comprenait maintenant pourquoi. Cette pensée lui était odieuse. Antoine ne regardait jamais qui appelait quand sonnait le portable de Claire. Peut-être aurait-il dû...

— Pourquoi veux-tu que j'aille éplucher ses mails ? Pour lire sa correspondance amoureuse ?

Pierre expliqua la théorie qu'il avait présenté à la collègue d'Antoine.

— Ma collègue ?

— Oui, une jeune prof de français. 25 ans à peu près.

La seule femme professeure de français qu'il connaissait au lycée approchait de la retraite. Comment elle était cette collègue ? Plutôt mignonne, et pourtant les filles ce n'était pas son truc à Pierre. De jolis yeux verts, taille moyenne, que dire de plus ? Le français, oui, elle avait dit enseigner le français. Antoine avait bien une collègue qui aurait pu coller au portrait, bien qu'il ne se souvienne pas de la couleur de ses yeux. Jamais il ne détaillait les yeux des autres femmes. Son truc à lui, c'était plutôt les culs, un mec, quoi. Mais cette collègue enseignait la SVT, tu n'aurais pas pu confondre, Pierre ?

Cette digression ne menait à rien. Pierre admit qu'il avait pu se tromper afin de faire avancer la conversation. Il était sûr au fond de lui que la jeune femme s'était présentée comme prof de français puisqu'il avait fait le rapprochement avec Antoine, mais là n'était pas l'essentiel.

— Bref, la façon dont tout cela s'est passé me fait penser que Claire aurait pu payer pour son travail.

Pierre était convaincu que c'était Claire et seulement Claire qui avait été visée. Le meurtre avait été préparé. Ils avaient dû être suivis. Cette pensée fit frissonner Antoine. L'assassin avait soigneusement préparé son coup. On n'avait rien retrouvé de tangible sur place. Aucune trace de pas ne subsistait jusqu'à l'endroit d'où avait été tirée la balle. Les empreintes avaient été soigneusement effacées. Celles des pneus n'avaient pas pu parler. Trop de traces différentes s'entre-mêlaient sur le sable du chemin pour identifier formellement la voiture du meurtrier. Comment Pierre savait-il tout cela ? Il avait ses entrées, au-dessus du Capitaine. Antoine n'avait pas eu le loisir de savoir où les gendarmes en étaient dans l'enquête puisqu'ils l'avaient accueilli en suspect.

— Ce qui m'inquiète aussi, c'est la disparition de François.

— François a disparu ?

— Disparu non, pas vraiment. Mais à la rédaction, personne ne sait où il est. Le jour où on a appris le décès de Claire, il a appelé Joubert pour lui dire qu'il se sentait incapable de venir travailler. Depuis, il n'a pas refait surface. Ça va bientôt faire un mois.

— Tu sais qu'il est fragile le poète, un peu trop sensible.

Antoine, qui appréciait François et son goût pour la poésie, aimait bien charrier le collègue de Claire. Un garçon sympathique mais absolument pas taillé pour faire face au quotidien, handicapé du sens pratique, incapable de planter un clou dans un mur et plus émotif qu'une gonzesse.

— N'empêche. Je suis passé trois fois chez lui, ça ne répond pas. Son mobile non plus.

— Il est peut-être simplement comme moi. Il a peut-être du mal à s'en remettre.

— Mais Claire n'était pas sa femme, c'était une collègue. Il a beau être plus sensible que la moyenne…

— Peut-être qu'il se la tapait aussi. Ça aurait fait un équilibre avec le bistrotier.

— Antoine arrête ! Tu te fais du mal à penser à des conneries pareilles ! OK, Claire a merdé. OK, elle a peut-être déconné une fois, mais elle t'aimait profondément. Tu étais l'homme de sa vie. Elle a pu avoir un moment de faiblesse. La grossesse, le corps qui change, le temps qui passe… je ne sais pas moi. Elle s'est égarée. Mais tu étais son tout, Antoine.

Antoine sentait les larmes lui monter aux yeux. Sa gorge se nouait. Il était en colère après Claire, mais il savait que Pierre avait raison. Il aurait voulu répondre, lui dire qu'elle était aussi la femme de sa vie, son tout, et même plus. Les mots refusaient de sortir. Pierre enchaîna. Il voyait deux explications possibles à la disparition de François. Première hypothèse, François était en train de dessécher au fond d'un bois, une balle entre les omoplates, comme Claire. François pouvait être en train de travailler avec Claire sur un dossier sensible. Ils auraient pu s'aventurer sur un terrain trop risqué. Non, Pierre ne se faisait pas de films. Claire adorait lever des lièvres et secouer des cocotiers. Avait-elle voulu s'attaquer à un gros, à un trop gros poisson ? Cependant, Claire enquêtait plutôt en solo et François avait un côté « Inspecteur la Bavure » qui ne faisait pas de lui le compagnon idéal d'un travail d'investigation. Deuxième hypothèse, François avait pris peur et s'était carapaté. Il se terrait quelque part, mais où, en attendant que ça se tasse. Mais que quoi se tasse ? De quoi, de qui François pouvait-il avoir peur ?

La boîte mail de Claire pouvait sans doute apporter des éléments de réponse. Antoine devait l'inspecter. Pierre aimerait y regarder avec lui s'il n'y voyait pas d'inconvénient. Antoine était partagé. Il avait l'impression de violer une sépulture. Il craignait en outre de tomber sur des échanges amoureux qui lui donneraient la nausée. Est-ce que Pierre n'affabulait pas ? Quel besoin d'aller remuer la merde ? Savoir. Savoir ne ramènerait pas Claire. Savoir lui permettrait de continuer en paix. Pour lui, pour Gisèle. Il le devait également à Claire, c'est du moins ce que pensait Pierre.

L'arrivée de Vanessa et Gisèle de retour de promenade fit diversion un moment. Antoine courut s'occuper de sa fille. Il adorait lui donner le bain.

Pierre n'avait pas envie de partir. Antoine allait dire oui, il avait simplement besoin d'un peu de temps. Il engagea la conversation avec Vanessa sur les toiles peintes qui couvraient les murs. La galerie éphémère de Jarnac consacrait son expo d'été aux œuvres de Vanessa. Elle travaillait au couteau, aimait le relief et la couleur, était inspirée par les paysages où la vigne se mêle au fleuve. Ils parlèrent peinture, un domaine que Pierre connaissait bien. La discussion se poursuivit sur Antoine, Gisèle et Claire. Vanessa avait été choquée en voyant son frère revenir déconfit de la gendarmerie. Que s'était-il passé dans la tête et le cœur de Claire ? Une fille si entière, sincère, qui n'aimait ni les compromis ni les tricheurs... Comment avait-elle pu tomber dans la vulgarité d'une relation adultère ? Vanessa ne jugeait pas. Elle ne comprenait pas. Pierre osa lui demander de l'aide pour convaincre Antoine.

— Viens ma princesse.

Antoine arrivait, suivi par Gisèle qui trottait derrière sur ses petites jambes. Il la prit dans ses bras, l'installa dans sa chaise haute et fouilla le frigo pour improviser son dîner.

— Vous allez rester avec nous pour l'apéro, Pierre ?

22

Gisèle était au lit. Elle babillait avant de s'endormir, regardait son mobile tourner dans l'obscurité. Antoine restait toujours quelques instants contre la porte après être sorti de la chambre, comme pour prolonger le moment où il la tenait contre elle. Il espérait qu'elle ressente combien il l'aimait, *ça doit traverser les portes ce genre de chose*. Il revint au salon. Vanessa et Pierre avaient posé leurs verres de vin sur le mange-debout qui reliait la cuisine et la pièce à vivre.

— C'est d'accord, Pierre.

Vanessa décréta que Pierre resterait dîner. Un petit frichti rapide, elle avait des œufs dans le frigo, ils feraient une omelette, vous aimez les omelettes, Pierre ? avec une salade verte. Antoine, tu irais chercher une bouteille de vin à la cave ? Quelque chose de rapide, ils avaient du boulot ce soir.

Le vin montait aux joues de Vanessa. Elle était tout émoustillée à l'idée de jouer au détective. Elle tentait de lutter contre cette pensée parfaitement indécente. Son frère était veuf. Veuf et cocu. Les mystères sur lesquels ils risquaient de lever le voile seraient douloureux, voire glauques. Le travail de voyeurisme auquel ils s'apprêtaient à se livrer n'avait rien de bien glorieux. Mais peut-être trouveraient-il le secret de l'assassinat de Claire : ça valait la peine de se faire chatouiller les narines par les remugles de l'infidélité. Ils pouvaient commencer maintenant en terminant le vin blanc.

— Je vais passer à l'eau plate, si vous voulez bien Vanessa.

Pierre avait déjà réfléchi à la façon de procéder. Lorsque Claire enquêtait, elle ne se servait jamais du mail du boulot. Il lui avait appris à ne rien laisser traîner là où des collègues pouvaient fourrer leur nez. Claire avait une adresse chez Gmail, ce qui rendait les recherches simples. Il fallait éplucher la boîte mail de Claire bien sûr, mais également aller jeter un œil dans les moindres recoins. Elle pouvait avoir créé des sous-dossiers, et même rangé des choses importantes dans les spams. Il fallait regarder les éléments supprimés et surtout son espace de stockage, le drive.

Antoine alluma son ordinateur. Il lui suffisait d'ouvrir une session Gmail au nom de Claire. Elle utilisait parfois l'ordinateur de son mari pour consulter ses mails, son profil était en mémoire. Côté mot de passe, depuis quelques années, ils avaient opté avec Antoine pour un seul et commun sésame qui évitait de se perdre dans les méandres de l'identification numérique. L'affaire se présentait bien. Ils s'assirent tous les trois du même côté de la table, Antoine au milieu, l'ordinateur portable allumé devant eux. Vanessa déposa des morceaux d'omelette dans les assiettes. Pierre passa au rosé.

À 23 heures, ils n'avaient rien trouvé, hormis, au fin fond de la corbeille, une suite de mails échangés avec Vincent Hallais. Antoine avait juste susurré « ...culé » entre ses dents. Pierre en avait déduit que c'était l'amant. Vanessa s'était levée pour proposer des tisanes. Antoine avait opté pour un XO. Où Claire conservait-elle les recherches de ses dossiers sensibles ? Pour toute douceur, Vanessa n'avait qu'un paquet de pruneaux et des petites galettes charentaises.

Pierre eut alors une idée. Claire, comme tous les journalistes, s'inventait des profils Facebook qui permettaient de suivre des personnalités sans se faire repérer. Peut-être avait-elle associé des boîtes mails à ses différents profils fantômes. Encore fallait-il les trouver, ces profils. Dès avant l'ère numérique, Pierre avait appris à Claire à user et abuser des prénoms et des noms que pouvaient offrir l'état-civil. Claire, Marthe, Marie Chambourg épouse Mosnier, née de Jean-Pierre Chambourg et Jacqueline Laumonier. Antoine trouvait que le goût des pruneaux se mariait bien avec l'XO. À minuit, ils avaient identifié six faux profils de Claire. Elle était amie avec des politiques de tous bords, des complotistes, des activistes végan, des groupuscules identitaires, des imams radicaux et même un groupe de soutien à Monsanto. Antoine découvrait une facette de sa femme qu'il n'avait jamais soupçonnée. Pas étonnant qu'elle ait su cacher son jeu. Elle jouait à être une autre chaque jour, plusieurs fois par jour même. Comment pouvait-elle être elle-même dans ces conditions ? Qui était la femme avec laquelle il vivait depuis si longtemps ? Pierre finit le rosé. Vanessa l'assura qu'il pouvait passer la nuit dans le canapé. À minuit et demi, ils durent se rendre à l'évidence. Ces profils ne servaient à

Claire qu'à se tenir informée en toute discrétion de ce qui se disait, se pensait, se tramait dans les différentes coteries qu'elle suivait.

Antoine finit le dernier pruneau, son huitième. À son tour, Pierre passa à l'XO. Il sortit sur le seuil de la maison s'en griller une. La nuit était sombre et douce. Vanessa piqua le verre de son frère et sortit également. Elle savait que ce n'était pas bien mais elle taxa une clope à Pierre, et trempa ses lèvres dans le cognac. Le travail d'enquête auquel ils s'étaient livrés l'avait follement excitée.

— Et son collègue qui a disparu ?

— François.

— Oui, François. Si on allait chez lui, on apprendrait certainement des choses. Il faudrait essayer de mettre la main sur lui, s'il est encore en état de parler.

— La gardienne m'a dit qu'elle ne l'avait pas vu depuis au moins trois semaines, ça coïncide avec le moment où il a cessé de venir travailler.

— La gardienne vous dites ?

— Oui, pourquoi ?

— Si François habite dans un immeuble avec une gardienne, elle doit bien avoir un double des clés.

— Peut-être.

— Je crois que j'ai une idée… Vous connaissez les constellations, Pierre ?

Vanessa s'engagea dans l'allée du jardin. Pierre la suivit sans bien comprendre. Il avait été scout, mais ça remontait à la fin des années cinquante. À part la Grande Ourse, il n'y connaissait pas grand-chose. Vanessa pensait à Gisèle. Elle essayait de repérer Claire dans l'infinité de la nuit étoilée. Ils parlèrent d'elle un long moment.

Antoine avait les yeux rougis quand ils revinrent au salon. Il n'avait pas pu s'empêcher de prendre le temps de lire les messages de Vincent Hallais. Le bistrotier savait écrire sans faire de fautes. Il avait aimé l'odeur de la peau de Claire. Il lui avait fait des tas de trucs. Il avait eu beaucoup de mal à accepter que Claire disparaisse sans crier gare. Ça leur faisait finalement pas mal de points communs à tous les deux. Antoine en était profondément malheureux.

23

Cognac
Mardi 25 juin 2019

13:23

Machine n'arrivait pas détacher ses yeux des chiffres à cristaux liquides rouges du radio-réveil. Derrière elle, Louis Jamet la besognait consciencieusement en levrette. Machine n'était pas à ce qu'elle faisait, ni à ce qu'il lui faisait. Il fallait qu'elle lui demande. Quand même, pourquoi avait-il un truc comme ça dans sa chambre ? Les volets qu'il baissait à chaque fois rendaient la pièce obscure et faisaient encore mieux ressortir ces satanés chiffres rouges. Ça la déconcentrait, Machine. Louis faisait la course en solo sans s'en rendre compte. Ses mains sur ses seins, son ventre qu'il caressait, ça ne lui faisait rien.

13:25

Il lui avait fait mal, l'imbécile, à lui tirer les cheveux. D'accord, d'habitude elle aimait bien, mais là, elle n'était pas dedans. Elle essayait bien d'y mettre de la bonne volonté mais les chiffres rouges avaient raison de tous ses efforts.

13:26

Elle glissa son bras sous son ventre et lui caressa délicatement les couilles depuis la paume de sa main experte jusqu'à ses ongles fraîchement manucurés. Louis vint presque instantanément en elle. Elle pouvait enfin s'allonger, se tourner sur le dos, quitter des yeux ce radio-réveil importun.

Louis se lova contre elle. Il était en nage et collait un peu. Il l'embrassa dans le cou en lui disant :

— J'aime bien nos déjeuners.

— Dis-moi…

— Oui ?

— Pourquoi tu as un radio-réveil ?

— Souvenir. Un cadeau de ma grand-mère que j'adorais.

Machine se dégagea sur le côté.

— Oh mais c'est un sentimental mon Loulou ! Elle lui caressa le torse et l'embrassa au niveau du plexus solaire. Je trouve ça super mignon, non, sans déconner.

Machine se leva pour aller aux toilettes. Louis fila à la douche. Il devait repasser à l'agence et charger le matériel avec Matthieu, le chef de projet de LA Comm. Ce soir, c'était l'inauguration du nouveau magasin Bien d'Ici de Barbezieux. L'opération était orchestrée par l'agence de communication de Louis Jamet sous la supervision pointilleuse de Sylvie Valmont. Ce genre d'évènement nécessitait de prévoir un peu de marge : la panne du dernier moment, le traiteur qui les plante, la sono qui déconne, un truc qui aurait été oublié… ça c'était déjà fait, ce crétin de Matthieu avait oublié de commander les affiches avec les portraits des producteurs qui décoraient les allées des magasins Bien d'Ici.

Loulou prit la décision de ne plus répondre aux prochains messages de Machine. Elle était en train de s'attacher, c'était évident, et dangereux.

24

Cognac
Mardi 25 juin 2019
16 heures

Vanessa sortit de la voiture. Elle avait mis ses lunettes de soleil malgré le temps gris. Ses lunettes atténuaient sa migraine et masquaient utilement sa tête de lendemain de fête. Antoine et Pierre n'étaient pas beaucoup plus frais. Des relents de cognac tenaillaient Antoine. Pierre n'avait pas encore allumé une cigarette de la journée. Ils n'avaient plus vingt ans. Seule Gisèle, dans son siège auto, allait bien. Elle n'avait pas l'âge de se demander ce qu'ils pouvaient bien faire, garés dans l'artère principale de Cognac, à attendre dans la voiture pendant que Tata Vanessa entrait dans l'immeuble situé de l'autre côté de l'avenue Victor Hugo.

— Tu crois que ça va marcher ?

— Elle a l'air doué ta frangine. Ça peut fonctionner.

Vanessa n'avait pas fait les choses à moitié. Elle s'était arrêtée chez Lemétayer, l'un des meilleurs pâtissiers de la ville. Elle avait mis dix-huit euros dans une jolie tarte aux fruits pour quatre. Elle avait poussé la supercherie jusqu'à faire ajouter une plaque « Bon anniversaire » en pâte d'amande. En rentrant dans la résidence, elle avisa les notes placées dans une vitrine à clé. La copropriété était gérée par l'agence Foncia. Elle se dirigea jusqu'à la porte de la loge et donna un coup de sonnette enthousiaste. La concierge était en train de nettoyer les sous-sols mais son fils, un garçon d'une petite vingtaine d'années, ouvrit la porte. Il avait autour du ventre la ceinture de gras caractéristique des habitués du kebab, ou de Mac Do, ou de toute autre vendeur de malbouffe moderne. Son sourcil droit était percé d'un anneau et son avant-bras gauche offrait en un tatouage coloré le spectacle d'une moto en plein wheeling. Tout ce que Vanessa adorait. *Tu crois que ça va marcher ?*

— Bonjour monsieur, vous êtes le gardien ? Non, ce n'est pas vous c'est votre maman. Non ce n'est pas grave n'allez pas la déranger. Je vous explique pourquoi je viens. Je suis la petite amie de François Loriot. Il m'a appelée pour me dire qu'il rentre ce soir et comme c'est son anniversaire j'aurais voulu lui faire une surprise et l'attendre chez lui, mais sans qu'il le sache. Ça fait bientôt un mois qu'on ne s'est pas vu, je suis super impatiente. Regardez ce beau gâteau que je lui ai apporté…

Mate aussi mes seins Dugenou ! Le fils de la gardienne n'était pas insensible au décolleté de Vanessa, destiné à rendre plus crédible son histoire. Oui, ils avaient bien des clés d'appartements à la loge, mais il ne savait pas pour celle de monsieur Loriot. C'était quoi le numéro de son appartement ? *Et merde !* Ils n'avaient pas prévu cette question.

— Ben… c'est-à-dire que je n'ai jamais bien fait attention au numéro d'appartement. Vous savez, je viens toujours avec François, avec monsieur Loriot je veux dire. Son appartement est dans le bâtiment de la cour, celui dont la porte est en face de la sortie du hall d'entrée.

Pierre lui avait expliqué, elle se l'était répété dix fois car il était important qu'elle n'ait pas l'air d'hésiter si jamais son stratagème fonctionnait. Antoine ne connaissait pas l'appartement de François. C'était toujours lui qui venait à la maison.

— Bâtiment C ? Si vous me le dites, vous devez avoir raison, vous avez l'air de connaître la résidence par cœur. Son appartement est au deuxième étage, la porte au fond à gauche en sortant de l'ascenseur. Le C24 ? Certainement. Que c'est agréable d'avoir affaire à des gens compétents. D'accord je ne bouge pas.

Vanessa défit un bouton supplémentaire de son chemisier.

— On l'a ! Le fils de la gardienne revint. Mais, vous savez que je n'ai pas le droit de vous la donner ?

— Oh non, ne me faites pas ça, vous êtes si gentil. Ça fait si longtemps que je n'ai pas vu François. Et puis il faut que je mette mon gâteau au frais. Rassurez-vous je ne suis pas venue pour voler, il n'y a rien de valeur chez lui. Il n'y a que lui, mon François, il est tellement mignon. Vous avez un peu les mêmes yeux d'ailleurs, c'est amusant.

— Bon d'accord, mais vous me les rendez vite.

— Demain matin promis, dès qu'on sera réveillé. Ce sera peut-être demain midi, ça fait tellement longtemps qu'on ne s'est pas vu... *Tiens prends un petit clin d'œil Dugenou, je suis sûre que ça t'excite*. Merci beaucoup. À bientôt.

Vanessa assura sa démarche jusqu'à la porte du bâtiment C. Ce gros lard était en train de mater son cul, elle en était certaine. Elle attendit d'être dans l'ascenseur pour sortir son portable. Elle prépara son texto mais ne put l'envoyer, il n'y a jamais de réseau dans les ascenseurs.

La sonnerie qui signalait l'arrivée d'un sms sur son portable tira Antoine du sommeil. « C'est bon ». « Trop forte petite sœur. On arrive ». Pierre sortit le premier et traversa la rue. Ils avaient convenu de ne pas tous débarquer en même temps pour ne pas se faire remarquer. Antoine prit le temps de défaire Gisèle de son siège auto et s'engouffra à son tour dans l'immeuble.

Un vrai appartement de célibataire. Ça puait. L'odeur n'était pas définissable a priori : un peu de renfermé, un peu de poussière, un peu de crasse et un autre truc un peu plus fort qui prenait les narines. Vanessa identifia rapidement un bol de pâtes avec du poil dessus dans le micro-ondes. Elle ouvrit les fenêtres en grand pour aérer. Les sacs poubelles devaient être sous l'évier. La poubelle n'était pas vidée non plus. Heureusement elle ne contenait rien de frais qui aurait pu pourrir sur place. Le moins qu'on puisse dire c'est que François Loriot n'avait pas prémédité son départ. Pierre, Antoine et Gisèle arrivèrent coup sur coup.

— Referme bien derrière toi !

— Quel bordel !

— Raisonnable pour un mec seul.

— Je vous prie de m'excuser Vanessa, mais je vis seul et j'ai une autre conception de l'ordre.

— *Normal, Pierre, les homos sont toujours délicats, souvent maniérés (mais pas vous, Pierre), un peu maniaques et savent mieux que personne tenir un intérieur. Mais si je vous disais ça vous pourriez en prendre ombrage, les homos sont souvent susceptibles.*

Fort heureusement, l'appartement n'était pas grand. Le séjour, avec une table-bureau à tout faire en désordre, une bibliothèque et une chambre. Antoine jeta un coup d'œil à la chambre. Le matelas était posé à même le sol. Un portant branlant soutenait tant bien que mal une dizaine de cintres recouverts de chemises pas repassées et de quelques polos. Une commode en mélaminé blanc bon marché contenait le reste des effets personnels de François. Un caleçon en tout et pour tout : Vanessa remarqua que cela accréditait la thèse du départ, précipité certes, mais du départ volontaire. À côté de l'oreiller, une pile de bouquins tenait compagnie au célibataire endurci qui occupait les lieux. De la poésie, de la poésie encore et « Plateforme » de Houellebecq, *un des bons Houellebecq*, nota Antoine. « Et si je n'ai pas compris l'amour, à quoi me sert d'avoir compris le reste ? ». Antoine avait-il compris l'amour ? Voici un mois, il aurait presque instantanément répondu par l'affirmative à la question de l'écrivain. Aujourd'hui, il ne savait plus bien. Ses certitudes avaient volé en éclats. Qui était la femme à qui il avait offert sa vie ? Qui était-elle, la mère de son enfant ? Que pouvait-il comprendre de l'amour quand il avait été capable de se méprendre à ce point sur l'objet de son amour ? Un affreux gargouillis le tira de ses pensées. Les pruneaux ! Saloperie de pruneaux ! Il n'aurait pas dû finir le sachet, mais ça passait tout seul avec le cognac. C'était la quatrième fois qu'il y allait depuis ce matin. En espérant que les toilettes ne soient pas trop sales chez François.

Pierre examinait dans le séjour les papiers qui jonchaient le bureau. Il ne trouvait rien de bien intéressant. Le sac à dos que François emportait toujours avec lui en reportage n'était pas là. Son agenda non plus, qui aurait pu fournir quelques indications sur ses rendez-vous juste avant. Il pouvait d'ailleurs ne pas posséder d'agenda et gérer son planning sur son téléphone, même si cela ne lui ressemblait pas tellement. Vanessa avait donné à Gisèle un paquet de prospectus qui faisait son bonheur. Elle inspectait maintenant la bibliothèque. Elle enlevait soigneusement les rangées de livres, les ouvrait à la recherche d'une note ou d'un morceau de papier qui pourrait constituer un indice. Antoine avait vraiment les intestins en vrac.

— Oh l'enfoiré !

Le cri venait des toilettes.

— Antoine, qu'est-ce qui t'arrive ?

Son frère sortait outrageusement des standards de son vocabulaire habituel.

— Oh l'ordure ! Oh le salaud !

— Antoine, la petite est là ! Surveille ton langage, cornegidouille ! Qu'est-ce qui se passe ?

Le bruit de la chasse d'eau se fit entendre. Antoine sortit précipitamment des toilettes. Il tenait à la main un morceau de papier, l'acrostiche que François avait accroché au mur le 30 mai au matin.

« En forme d'acrostiche
Cela fait bien
Longtemps, longtemps, douce
Amie, que je ne pense qu'à toi
Inavouable secret
Rangé au fond de mon cœur
Écorché de ton absence »

En haut à gauche, François avait griffonné la date : 30/05/2019.

— Je ne comprends pas bien.

— Acrostiche, Vanessa ! Acrostiche !

— Désolée, je ne suis pas prof de français.

— Un acrostiche, bazar ! C'est un poème dont les premières lettres de chaque vers forment un mot. Lis verticalement les premières lettres.

— Oh flûte ! Vanessa se colla la main sur la bouche.

— Vingt-huit ! Il y en a vingt-huit là-dedans avec le prénom de Claire. Non, n'y allez pas, c'est sinistré, précisa-t-il à Pierre et Vanessa qui avaient esquissé un mouvement vers les toilettes.

La sonnette de la porte d'entrée retentit au même moment. Ils se regardèrent tous les trois, interdits. Deuxième coup de sonnette, plus long.

— Oh, y'a quelqu'un ? Ouvrez, je sais qu'il y a quelqu'un. C'est mon fils qui vous a donné les clefs.

Nom de Zeus, la gardienne ! Que s'était-il passé ? Ce gros dadais avait dû lui raconter l'épisode.

— J'arrive !

Vanessa fit signe à Pierre et Antoine de filer vers la chambre. Antoine eut juste le temps d'attraper sa fille occupée par la côte de porc à seulement huit euros quatre-vingt-dix-neuf le kilo chez Lidl. Dommage, l'offre se terminait le 23 mars dernier.

— J'arrive j'arrive !

Un bruit de troupeau accompagna les pas de Vanessa. Elle s'efforça de faire bonne figure.

— Bonjour madame, que se passe-t-il ?... Oui, je suis la petite amie de monsieur Loriot. C'était bien cela qui la défrisait la gardienne. Depuis huit ans qu'il était locataire ici, jamais monsieur Loriot n'avait ramené une fille. Mais si je vous assure je suis déjà venue plusieurs fois, mais on arrivait tard c'est pour ça qu'on ne s'est jamais rencontré. J'ai bien fait de passer, c'était dans un sacré désordre ici. J'étais justement en train de ranger un peu en attendant ce soir. Il devrait arriver autour de 21 heures par le train d'Angoulême. *Bon sang mais qu'elle est suspicieuse !* Comment ça elle croyait que son truc à monsieur Loriot, c'était plutôt les mecs ? Pas du tout, madame, vous faites erreur. *On n'est pas obligé d'être tatoué et gras du bide pour être un homme. Je ne peux pas lui dire, ça va la fâcher. D'ailleurs je ne sais même pas à quoi il ressemble, François.* Vous voulez que je sorte ? Non, je comprends, vous êtes responsable, mais vous savez, il ne va rien se passer, je suis toute seule ici. Laissez-moi au moins finir de ranger, je vous dépose les clés en partant tout à l'heure. Appeler le syndic ou la police ? C'est une mauvaise idée, je vous assure que j'ai presque fini.

La porte de la chambre s'ouvrit subitement. Antoine se précipita vers les toilettes. Il n'y tenait plus. La gardienne en resta comme deux ronds de frites.

– C'est quoi ce bordel ? Vous êtes en train de transformer la résidence en maison de passe ? C'est qui cette pétasse qui était venue mettre ses seins sous le nez de son fils ? Vous croyez pas que j'ai déjà bien assez de mal comme ça avec lui qu'il a déjà arrêté l'école et qu'il fait rien de ses journées à part regarder des filles sur Internet et jouer à la guerre sur l'ordinateur ? Vous dégagez d'ici ou j'appelle les flics tout de suite !

– D'accord je m'en vais. Si vous voulez bien attendre que monsieur ait fini, ce serait gentil. Et puis si vous appelez les flics, moi j'appelle le syndic pour lui dire que vous donnez les clés des appartements à n'importe qui et que c'est votre fils qui fait votre boulot pendant que vous dormez !

La concierge hallucina quand elle vit Pierre et Gisèle sortir de la chambre. Qu'est-ce que c'était que ce cirque ? Elle l'avait déjà vu, le vieux. Il était venu demander après Loriot. Ils voulaient quoi, ces trois-là ? En plus ils emmenaient un enfant avec eux dans la débauche ! C'était du joli… *Pourvu qu'elle n'appelle pas le syndic, la pétasse.*

Tout le monde prit l'escalier pour descendre dans un silence glacial. La gardienne fermait la marche. Elle avait enfermé les clés de l'appartement de François dans la banane qui ne la quittait jamais et qui lui permettait d'avoir accès en permanence à tous les recoins de la résidence. Ils passèrent devant la loge. Le rideau se leva. Gras-du-bide jeta un regard haineux à Vanessa. *C'est bien toutes des salopes !* La gardienne les gratifia d'un « Et que je ne vous revoie pas traîner dans le coin ! ».

Ils se retrouvèrent avenue Victor Hugo. Aucun n'osa se retourner. Elle devait les suivre. Où aller, le temps de faire diversion ?

— On ne monte pas en voiture, elle est capable de relever la plaque.

Un bus de la ligne A arrivait opportunément. Vanessa s'y engouffra. Tout le monde en voiture ! Ils soufflèrent, se regardèrent et partirent d'un énorme éclat de rire nerveux. Tout ça pour ne rien trouver !

Ils descendirent à l'arrêt suivant et s'installèrent sur une terrasse de la place François Ier pour boire un verre et débriefer après leur vaine équipée.

— Si on fait le point, commença Vanessa, on a quoi ?

— D'abord, on a oublié le gâteau répondit Pierre.

— Ah flûte ! Le gâteau…

— À part ça, on n'a pas grand-chose, poursuivit Pierre. Je n'ai pas eu le temps de tout éplucher sur la table mais aucun dossier n'avait un nom qui aurait pu résonner. Je n'ai rien vu que des factures, des bulletins de paie, une déclaration d'impôt et des quittances de loyer.

— Moi j'ai trouvé vingt-huit putains d'acrostiches !

Antoine vida la poche arrière de son jean. Il les avait tous décrochés des murs des toilettes.

— Antoine, tu t'égares !

— Je m'égare ! Vanessa, comment tu peux dire que je m'égare ? Le patron de bistrot la semaine dernière. Maintenant le collègue, et je m'égare ?

— Je veux dire que ce n'est pas pour ça qu'on était venu. Dans sa commode, tu n'as quand même trouvé qu'un seul caleçon, ça laisse à penser qu'il a préparé un sac pour partir, d'autant que Pierre n'a pas vu non plus le sac à dos de François…

— Il y a la bouffe qui traînait. Pierre avait glissé sa remarque en continuant de lire les poèmes de François. Et maintenant le gâteau qui va pourrir.

— Ça pourrait être un oubli. Il n'a quand même pas l'air d'être un pro de l'organisation et de la propreté. Son appartement ressemble plus à celui d'un étudiant qu'à celui d'une fée du logis.

— Soit. Antoine, François était bien amoureux de Claire, mais en secret. Lis. Regarde.

Pierre mit le doigt sur la ligne : « Inavouable secret », il l'a écrit lui-même le 30 mai. Et ici :

Cachée de tous, cachée de tout
La pensée importune de toi
Agrippée à mon cœur
Insoumis qui ne peut se
Résoudre
Et n'osera jamais te dire tout cela

Celui-ci était daté du 14 février 2018.

Les acrostiches de François célébraient sa muse, vantaient ses qualités et déclinaient l'amour impossible en autant de C, L, A, I, R, E.

Vanessa recentra le débat. Ils n'étaient pas plus avancés aujourd'hui qu'hier. Il existait une probabilité que François soit encore en vie, mais où ? Comment le savoir ? Au journal, ils n'en avaient pas la moindre idée ? En y pensant, il devait bien envoyer des arrêts maladie à son employeur ? Sinon il prenait le risque de se faire virer.

— Pierre, vous ne pourriez pas appeler la rédaction du journal ?

— Excellente idée !

Joubert répondit tout de suite à Pierre qui lui posa quelques questions innocentes avant d'attaquer le cœur du sujet. Non, Joubert n'en savait rien. C'est le service RH du journal, au siège d'Angoulême, qui recevait directement les arrêts et prévenait Joubert. Pour l'instant l'arrêt maladie de François se terminait le 30 juin. C'était le deuxième depuis fin mai. Il était possible que le prochain ne tarde pas à arriver. Oui, c'était dans ses cordes, Joubert pourrait le faire, mais à cette heure il était trop tard, les bureaux administratifs étaient fermés. Demain matin il leur passerait un coup de fil et il appellerait Pierre dans la foulée. Ils connaîtraient le nom du médecin qui avait délivré les arrêts de travail de François. Ils avaient déjà la confirmation que François était parti de chez lui vivant.

— Il ne perd rien pour attendre le poète, conclut Antoine en se levant soudainement.

Ah les pruneaux…

25

Barbezieux (Charente)
Mardi 25 juin 2019
19 h 30

Sylvie Valmont n'écoutait pas les discours des politiques. Elle considérait son équipe. Tout le monde était habillé aux couleurs des magasins Bien d'Ici. Les yeux étaient cernés mais les visages souriaient. Une certaine excitation régnait, comme lors de chaque ouverture d'un nouveau point de vente. Les équipes avaient travaillé d'arrache-pied pour que tout soit prêt dans les temps. Quelques soirées passées à bosser dur ensemble, un projet commun, des pizzas partagées avec une bière, tout cela créait de l'émulation. Le magasin brillait comme un sou neuf. Tout le monde avait mis du cœur à l'ouvrage pour qu'aucune trace du chantier qu'il était encore avant-hier ne subsiste. Les bureaux sentaient la peinture. Sylvie avait bien repéré quelques défauts d'approvisionnement, des gammes s'étiraient parfois pour masquer un trou dans un assortiment, cela serait vite résolu. En revanche, les affiches avec les photos des producteurs n'arriveraient que demain.

L'agence de communication avait mis en cause l'imprimeur. Ledit imprimeur avait peut-être les épaules un peu larges. Le jeune Jamet et LA Comm commençaient à taper sérieusement sur le système de Sylvie. Paul, le fils aîné des Valmont, discutait avec ses responsables de rayons. Il prendrait la direction du magasin à son ouverture, comme d'habitude. Une fois le rythme de croisière atteint, ils feraient évoluer un collaborateur en interne pour le remplacer. Paul retrouverait la holding B.S.V.I. pour de nouveaux projets de développement, et la même mécanique se mettrait en branle : trouver un emplacement, obtenir les autorisations, le financement, déposer un permis, monter le magasin, ouvrir et accueillir les clients… cela pouvait presque sembler facile de développer une chaîne de magasins de producteurs.

Le silence se fit. L'homme s'avança jusqu'au micro. Il le saisit de la main gauche, celle dont l'auriculaire était amputé d'une phalange. Il tenait toujours le micro de la main gauche quand il devait parler en public. Il le tenait entre son pouce et ses trois premiers doigts. L'auriculaire était toujours replié vers l'intérieur de la paume. Il avait remarqué que s'il ne procédait pas ainsi, les gens reportaient leur attention sur son doigt mutilé et l'écoutaient moins. C'était encore pire s'il tenait le micro de la main droite et appuyait ses propos de gestes de la main gauche. Il pouvait, dans ce cas, voir les regards qui suivaient les mouvements de sa main, comme aimantés par ce morceau de lui, absent.

– Monsieur le Maire, madame la Conseillère départementale, chère Sylvie, cher Benoît, ce n'est pas en élu de la nation mais en ami que je suis parmi vous ce soir à Barbezieux. Je tenais à être présent, le Palais Bourbon se passera bien de moi, je tenais à être présent pour vous exprimer ma joie de voir croître et grandir Bien d'Ici, la chaîne de magasins que vous avez créée voici quelques années. Votre exemple, chère Sylvie, cher Benoît, est une vraie source d'inspiration pour nos concitoyens. Vous illustrez à merveille la valeur de l'effort et la culture de l'excellence. Permettez-moi un peu de chauvinisme : je me réjouis toujours de la réussite entrepreneuriale mais je me réjouis encore plus de la réussite entrepreneuriale des Charentais. Vous êtes la preuve que notre territoire n'est pas voué au déclassement. Nous avons vécu, nous vivons encore des moments difficiles, des moments de remise en cause de notre modèle social et sociétal. La population de notre département a pu, à juste titre d'ailleurs, se sentir parfois oubliée, mise à l'écart. Il est important d'entendre le message qui a été porté depuis l'automne dernier. Cela a été l'objet du Grand Débat voulu par le Président de la République. Mais la bonne réponse à ces doutes, à ces craintes, ne peut pas être de nous refermer sur nous-mêmes. Notre avenir ne peut pas résider dans le repli, ni dans la peur de l'autre, quoiqu'en disent certains. L'avenir est au pragmatisme, à l'adaptation et à l'innovation. Le monde est rempli d'incertitudes certes, mais il déborde également d'opportunités qu'il faut savoir saisir. Bien d'Ici est la preuve qu'il n'y a pas de fatalité. Notre terre ancestrale est aussi un territoire d'avenir, le berceau de belles aventures. Ici, en Charente, des femmes et des hommes, dans leur terroir, à leur niveau, cherchent, prennent des risques, osent, se lancent. Ce sont des entrepreneurs de votre trempe, Sylvie et Benoît, qui écrivent l'avenir de notre belle région et de notre pays. Avoir un passé riche ne nous prive pas d'avenir, bien au contraire, vous en êtes la preuve. Je vous souhaite du fond du cœur de poursuivre l'aventure Bien d'Ici pendant encore de longues années. Bravo et merci à vous. »

Tout le monde applaudit le discours de Jean-François Jamet, le député Modem La REM de la circonscription. Benoît Valmont se dit que ça sentait bon pour l'Ordre du Mérite. Il se saisit un instant du micro, remercia son hôte et invita tout le monde à se diriger vers le buffet.

Jean-François Jamet s'éclipsa presque sur le champ en prétextant un dîner chez le Préfet. Il devait filer prendre le train d'Angoulême pour rejoindre Paris. Il se méfiait de la SNCF d'une manière générale et plus encore en cette période de fortes chaleurs. Il craignait que le train de demain matin soit annulé car de fortes pluies étaient annoncées. Jean-François Jamet ne boudait jamais les questions au gouvernement ni les caméras de télévision dans les allées du Palais Bourbon le mercredi.

Louis Jamet fit un signe à Matthieu : un air de jazz se répandit dans l'air. Il prit une flûte de crémant bio, *trop rats pour offrir du champagne, les Valmont !*, et interrogea son portable. Huvier décalait encore la réunion de chantier de demain. Il commençait sérieusement à le gonfler, l'architecte, même s'il fallait admettre que le chantier avait plutôt bien avancé ces dernières semaines. Son ex lui demandait de participer au financement du camp de vacances des enfants au lac de Vassivière. Elle devait être de mèche avec Huvier. Ils s'étaient entendus pour l'emmerder, ce n'était pas possible autrement ! Il rangea son iPhone dans sa poche et avala sa flûte. Il râpait, le mousseux ! Il jeta un œil vers l'entrée. Dmitri le regardait. Son père avait insisté pour qu'il le recrute pour assurer le service d'ordre ce soir. Cela n'avait aucune utilité, seulement un coût. Et l'autre avait le don de le mettre mal à l'aise. Il s'enfila une tartine d'un excellent pâté de lapin bio sur une tranche de pain d'épeautre bio. Il aurait bien pris un coup de rouge bio avec ça. Il en devenait fou du bio, entre le dossier Bien d'Ici qui occupait du monde à temps plein chez LA Comm et Certagro, son organisme de certification bio. Il fallait qu'il arrête de mettre le mot bio derrière chaque truc qu'il apercevait ici. Il replongea dans le pâté de lapin. Il s'emmerdait un peu. Il n'était pas doué pour les mondanités. Il adorait ramener sa fraise, mépriser les autres, exhiber son V8, faire deviner l'épaisseur de son portefeuille. Si ça ne tournait pas autour de lui, cela devenait vite ennuyeux.

— Ça va chef ?

Matthieu tira Louis Jamet de son absence de pensée.

— Non, ça ne va pas ! D'abord, vous avez oublié les affiches, Matthieu. Ensuite le mousseux est dégueulasse. Au fait, ça a donné quoi la proposition d'accompagnement commercial pour le magasin Bien d'Ici de Rouillac ? Un retour ? Les Valmont avaient validé ?

Matthieu n'en savait rien.

— Comment ça vous n'en savez rien ? C'est votre boulot et vous n'en savez rien ! Vous croyez peut-être que je sors des billets de ma manche pour vous payer à chaque fin de mois ? Ah pour se faire payer, ça, pas de problème il y a du monde ! Mais quand il s'agit de s'enlever les doigts du cul pour aller chercher du boulot il n'y a plus personne. Heureusement que je suis là pour nourrir tout ce petit monde…

Il s'arrêta pour une nouvelle tartine de pâté de lapin, ce qui laissa le temps à Matthieu de disparaître. Le chef était d'une humeur de bouledogue.

— Pas mal cette petite terrine ? Benoît Valmont, qui fit semblant de ne pas avoir entendu la conversation, s'approcha de Louis Jamet.

— Ouais. Mieux que ton mousseux, il n'est vraiment pas terrible. Sincèrement, au douzième magasin, tu pourrais faire péter le champagne Benoît !

— Avec une photo du producteur au-dessus du rayon alcool ? Sincèrement, tu as merdé sur ce coup-là, Louis, même si on n'est pas là pour parler de ça.

— Je veux bien qu'on en parle. Ça fait longtemps que je veux changer d'imprimeur, ça va être la bonne occasion. Et Rouillac au fait, on vous accompagne pour Rouillac ?

— On n'a pas encore décidé. On va déjà dégager le directeur. Sylvie a envoyé l'adjointe du magasin de Saint-Yrieix en renfort. On verra bien si ça veut repartir.

— On se voit demain de toute façon.

— Oui on fera un tour d'horizon. Il va falloir qu'on trouve des pistes d'économies Louis, je préfère te prévenir tout de suite.

— T'es mignon toi ! Avec l'autre qui tape du pied en plus, ajouta Louis en désignant du menton Dmitri, posté près de l'entrée pour assurer le service d'ordre de la soirée. Vous lui avez trouvé une bagnole ?

— C'est donc lui ? Sylvie est sur une piste. Il exagère un peu le Ruskof. Il est pas mal son Berlingo, surtout au prix où il l'a payé.

— Ça aussi on en reparle demain. Ce qui est certain c'est qu'il devient insistant.

Louis Jamet s'éclipsa et alla trouver Matthieu. C'était quoi cette musique ? On était à l'inauguration d'un magasin bio dans la campagne charentaise, pas dans un bar de nuit avec des gogos danseuses.

Voir Louis Jamet perdre son calme était un spectacle qui réjouissait Dmitri. Cet imbécile, ce parvenu, ce crétin sûr de lui se faisait dessus à chaque fois qu'il le croisait. Il venait plus rarement au club de tir, comme s'il cherchait à l'éviter. Dmitri ne lâcherait pas. Vingt-cinq ans d'armée en Russie dont dix passés dans une unité spéciale forgent le caractère et l'endurance. S'il croyait s'en sortir avec les dix mille euros de l'autre jour et sa bagnole pourrie, il se mettait le doigt dans l'œil. Dans un premier temps, Dmitri voulait une voiture plus présentable. Ses clients, les touristes Russes qui visitaient la région de Cognac, devaient sentir qu'ils avaient affaire à un compatriote qui avait réussi. Pour l'argent, il verrait ensuite. Ce qui était certain, c'était que maintenant, il les tenait par les couilles, les Jamet, même si le père pouvait être d'une réelle utilité. Une paire de couilles dans chaque main : Dmitri éprouva quelque chose comme un sentiment de puissance.

26

Cognac
Mercredi 26 juin 2019
14 heures

Antoine monta en voiture. Dans la maison, Gisèle faisait la sieste. Il n'avait pas fourni d'explication précise à Vanessa. Il avait seulement prétexté vouloir faire un tour, même avec ce temps instable. Il démarra, actionna le bouton de la télécommande du portail et sortit du jardin. Il tourna dans la première rue à droite et se gara sur le trottoir. Sa sœur ne le verrait pas. Elle était coincée à la maison pour surveiller Gisèle.

Il ouvrit la pochette qui contenait ses clefs, ses papiers, sa carte bleue et un petit carnet qui n'avait pas d'utilité particulière mais qu'il avait trouvé joli à la caisse de la librairie un jour où il avait acheté des bouquins. Il l'ouvrit à la page où il avait noté les trois numéros de téléphone et les adresses des établissements de Vincent Hallais. Il commencerait par Cognac, avec un peu de chance il n'aurait pas à rouler jusqu'à Angoulême. Il n'aimait pas conduire sous la pluie.

— Ze Cave Ze Bar bonjour !

Manque de bol, le patron ne venait jamais le mercredi à Cognac.

— Vous le trouverez sûr à Angoulême, je ne peux pas vous en dire plus… Pas de souci.

Que c'était agaçant cette manie moderne de conclure ses phrases par un « pas de souci » aussi saugrenu qu'incongru ! Cela insupportait Antoine, presqu'autant que l'invasion des anglicismes dans les moindres reçoins de la langue française. Ze Cave ! Ze Bar ! Comment Claire avait-elle pu succomber devant autant de vulgarité ?

Il mémorisa les numéros des deux boutiques d'Angoulême dans son téléphone et se mit en route. Il appellerait en chemin pour savoir dans lequel des deux établissements il pourrait trouver l'amant de sa femme. Antoine ne savait pas précisément ce qui le poussait à faire cela. L'envie de lui coller son poing dans la figure certes, mais aussi le besoin de savoir et un peu de curiosité malsaine. Le regarder, l'observer, chercher ce qui avait pu séduire Claire, se faire mal, les imaginer… Un coup de poing ou une grosse mandale ? Antoine hésitait. Il ferait à l'inspiration, en fonction du moment.

Vincent Hallais n'était pas dans la boutique de la zone commerciale des Grandes Chaumes. Antoine se dirigea vers le troisième point de vente « Ze Cave Ze Bar » à Chantemerle, tout près d'Auchan. Il se gara face à la vitrine. La pluie se mit à tomber dru. À l'intérieur, un type d'une trentaine d'années défaisait des caisses de bières qu'il posait en rayon. Ce devait être celui qu'il avait identifié sur Internet. La pluie faisait un rideau translucide sur le pare-brise de la voiture. Antoine détaillait Vincent Hallais à l'intérieur. Jean délavé, polo orné d'un gros joueur de polo sur le sein. *Vulgaire, c'est sûr, c'est lui*. La buée commença à envahir l'habitacle. Antoine enclencha le contact pour activer le désembuage. L'allumage automatique des phares se déclencha. Vincent Hallais se retourna et fixa la voiture sur le parking. Antoine était repéré. Il n'avait plus d'autre choix que de sortir de son véhicule. Il attendit que la pluie se calme un peu. Il n'avait pas emporté de parapluie. Il ne s'agissait pas d'arriver devant l'autre avec une tête de chien mouillé. Hallais repositionnait des caisses d'alcool qui formaient comme de petits îlots entre lesquels le client était invité à circuler et à améliorer son panier moyen.

— Monsieur Hallais ?

Antoine s'était précipité sur le type qu'il épiait depuis l'habitacle de sa voiture.

— Non, monsieur Hallais est dans son bureau. Vous avez rendez-vous ?

Antoine se trouva pris au dépourvu. Il n'avait pas l'agilité de Vanessa. *Quel couillon !* Il avait pris le premier type qui passait dans la boutique pour son propriétaire. La pluie, le pare-brise, la vitrine : autant d'obstacles qui avaient pu contribuer à la confusion, d'autant que les photos qu'avait vues Antoine, piochées dans les comptes Facebook et Instagram de « Ze Cave Ze Bar » n'étaient pas des portraits en pied de leur patron mais des clichés d'une soirée, d'un évènement, des choses prises sur le vif. Bon, il avait rendez-vous ou pas ? Mais pour quoi faire ?

— Ah ben vous avez de la chance, le voici qui arrive.

Un type d'une petite quarantaine d'années arriva au milieu de la boutique. À peine visible entre deux étagères d'alcool, la porte qu'il venait de franchir devait mener aux bureaux. Antoine recula d'un pas pour mieux le détailler : un bon mètre quatre-vingts, un physique de rugbyman, les cheveux châtain clair étaient coupés court et la barbe soigneusement taillée. Pantalon de toile slim avec deux petits revers en bas, une paire de Stan Smith aux pieds et une chemise Tommy Hilfiger reconnaissable à son sigle discret sur la poitrine. Les yeux noisette du type l'interrogèrent. Que voulait-il ? Pardon ? Oui, il avait demandé à voir monsieur Hallais, c'était pour quoi ? Ah oui, où avait-il la tête ? Il, il venait chercher du... du cognac. Il avait... dîné, oui c'est ça, dîné, l'autre soir chez euh... des amis qui lui avaient dit que chez « Ze Cave Ze Bar » le patron s'y connaissait super bien et pouvait le conseiller. Ils en avaient servi un d'ailleurs qui était excellent. Tiens, c'était surprenant. Comment s'appellent ces amis ? Euh... c'était des amis d'amis, je ne me souviens pas. Les joues d'Antoine viraient au rouge. La réputation de « Ze Cave Ze Bar » avait été forgée sur les whiskys, la véritable passion de Vincent Hallais. Bien sûr, il vendait du cognac, difficile de ne pas en proposer dans un magasin d'alcool en Charente, mais cela restait une vente marginale. Dans la région, les locaux allaient souvent directement se fournir chez les producteurs. Le cognac se vendait surtout aux touristes, et des touristes dans la zone commerciale d'Auchan, on n'en voyait pas tous les jours. Et ces amis d'amis, ils s'appelaient comment ? Vincent Hallais aurait bien aimé savoir, Angoulême est une petite ville, il devrait les connaître ? Euh… c'était à Cognac ce dîner. La voix d'Antoine tremblotait. Vous habitez Cognac ? Euh… pas loin. *Je suis en train de me couvrir de ridicule, l'autre doit me prendre pour un neuneu.* Vous avez fait tous ces kilomètres pour rencontrer le spécialiste du cognac d'Angoulême ? C'est amusant, plutôt un XO j'imagine… C'est pour l'apéritif ou le digestif ? La dernière tendance chez Hennessy, c'est de servir l'XO avec un glaçon à l'apéritif. Oui, un XO ! Nos parents le chauffaient dans leur main, c'est surprenant ce que les modes changent. J'ai un beau produit d'une maison indépendante. C'est très bien travaillé, le maître de chais officie depuis bientôt quarante-cinq ans. Il a porté ce petit domaine vers l'excellence.

Antoine n'écoutait plus. De toute façon, ils avaient culbuté la bouteille de son beau-frère l'autre soir avec Pierre et Vanessa, autant en profiter pour en racheter une et puis se tirer, se tirer vite. Oui, celui-là c'était très bien. *95 balles ! Purée, il n'y va pas avec le dos de la cuiller, le bistrotier !* Antoine sortit sa carte bleue pour mettre fin au cauchemar.

Vincent Hallais lui tendit son paquet.

— Tenez, permettez-moi de vous offrir ces petits sablés aux pruneaux. Un artisan du coin qui fabrique ça, c'est délicieux et ça se marie très bien avec le cognac. Non merci ? Vous détestez les pruneaux. Ah… les goûts et les couleurs, ça ne se discute pas. En tout cas merci de votre visite et bonne dégustation.

Antoine considéra le mètre quatre-vingts et se dit que pour la mandale, on verrait une autre fois. Il bredouilla un au revoir et décampa.

La pluie tombait de plus belle. Où avait-il mis sa clé de voiture ? Dans sa poche gauche ! Quel imbécile ! Il était droitier bon sang, ce n'était pas naturel d'aller chercher la clé dans la poche opposée. Il était en train de se faire détremper. Il s'installa sur le siège et se regarda dans le miroir de courtoisie. Il avait une tête de chien mouillé. De chien triste et mouillé. On tapa au carreau. Il sursauta en poussant un cri. Vincent Hallais, à l'abri sous un parapluie, lui rapportait la carte bleue qu'il avait oubliée dans le magasin. Il entrouvrit la fenêtre et prit la carte pour la ranger. Il dut en plus se fendre d'un merci. À lui ! Un comble. Il croisa de nouveau le miroir de courtoisie : un chien triste, mouillé et grotesque.

Antoine fit un effort pour se ressaisir avant de reprendre la route. Le trajet du retour fut bien morne. Il ressassa le flop de l'opération « Ma main dans ta gueule », c'était le nom de code dont il avait affublé son projet. Il se sentait minable. Il aurait peut-être dû demander conseil à Vanessa. Elle fourmillait de bonnes idées. Bon sang qu'il était malheureux. Ça faisait mal à dire, mais il était plutôt beau gosse, cet enfoiré, beau gosse, élégant, baraqué. Claire n'aurait pas pu les confondre tous les deux. Après tout, il avait peut-être un survêtement détendu et des Crocs aux pieds le matin aussi, Vincent Hallais…

Comment Antoine avait-il pu ne rien voir à ce point ? Cette question le taraudait depuis dix jours. Qui était Claire ? Qui était-elle réellement ? Se pouvait-il qu'elle fût simplement la femme qu'il avait aimée et qu'il avait cru connaître comme lui soutenait Pierre ?

Qu'en savait-il, lui, au fond ? Pour la première fois depuis le 31 mai dernier, Antoine eut envie de passer chez eux. Il éprouvait le besoin de voir, de toucher le lieu de leur vie, leur antre, leur maison. Les « objets inanimés qui s'attachent à notre âme et la force d'aimer » lui révèleraient peut-être quelque chose. Il voulait regarder Claire, détailler les photos, plonger dans ses yeux, scruter ses attitudes. Il se gara comme à son habitude. Le jardin était bien entretenu. Depuis cette maudite journée, ses parents et beaux-parents se passaient le relais pour maintenir un semblant d'ordre extérieur et relever le courrier.

Il ouvrit la porte. Rien n'avait bougé ici, comme s'ils devaient revenir dans trois jours. Claire était encore et partout ici. Cette sensation l'avait poussé à fuir et s'installer chez Vanessa au retour de l'île de Ré. Antoine devait faire face, affronter. Il ôta ses chaussures, une habitude, et passa un moment à déambuler dans la maison. Il touchait les objets de leur quotidien, rangea un jouet de Gisèle, oh et puis non, il l'emporterait chez Vanessa. Son portable sonna. Sa sœur lui demandait s'il en avait encore pour longtemps parce qu'elle avait coiffeur à 17 h 30. Elle pouvait toujours annuler. Quelle heure était-il ? 16 heures. Non, que Vanessa ne s'inquiète pas, il serait rentré. Il n'en avait plus pour longtemps. Leur chambre, le lieu de leur intimité était aussi le lieu des non-dits. Il alla s'asseoir au bord du lit, du côté que Claire occupait habituellement. Il ne faisait jamais cela avant. Il fixa sa table de nuit. Qu'y renfermait-elle ? Il ne s'était jamais posé la question. Le petit meuble avait des allures de sanctuaire. Et si, tout près de lui, s'étaient tenus à son insu les secrets qui le hantaient aujourd'hui ?

Il ouvrit le tiroir. Il trouva la dernière carte qu'il lui avait offerte pour son anniversaire, elle avait eu 37 ans en mars, un joli paysage de mer avec des mots mièvres, les mots qu'on écrit quand on est amoureux, quand on ne sait pas. Un écrin blanc renfermait la chaîne et la médaille de baptême de Gisèle. Il l'ouvrit maladroitement. La médaille s'échappa, tomba, rebondit sur sa cheville et fila sous le lit. Qu'il était maladroit ! Il s'agenouilla et essaya de repérer l'endroit où pouvait se trouver la Sainte Vierge en médaillon. C'était rempli de boîtes à chaussures là-dessous. Ah, Claire et les chaussures ! C'était une véritable passion : les chaussures, et les boîtes qu'elle ne jetait jamais. Pas de médaille, elle avait dû se glisser entre deux boîtes. Il en dégagea une. C'était lourd. Plus lourd qu'une paire de baskets ou de ballerines. Qu'y avait-il là-dedans ? Il la tira jusqu'à lui. Sur la tranche était inscrit 2017. Il l'ouvrit. La boîte contenait une chemise sur laquelle était écrit « Jamet ». Antoine éplucha très rapidement le contenu. On y trouvait des photos, des organigrammes, des coupures de presses, des impressions d'écran, le tout en rapport avec le scandale qui avait éclaboussé Jean-François Jamet. Le journal, Claire en réalité, avait révélé que l'entreprise du fils du député du cru se faisait rémunérer pour des missions de relations publiques dont la réalité ne semblait pas palpable. Antoine referma la boîte, replongea sous le lit et regarda celle d'à côté. La médaille de Gisèle était venue se nicher entre les deux boîtes. Il la glissa dans sa poche au passage. La mention 2018 figurait sur le côté. Il trouva deux dossiers dans celle-ci, l'un nommé « Cambella » et l'autre « Merlu ». Antoine se souvenait de la première affaire lorsqu'elle avait éclaté. Le dossier Cambella, constitué de façon semblable au précédent, parlait d'éoliennes et de conflit d'intérêt. Antoine avait dans les mains le travail qui avait coûté son poste à la Présidente de la Communauté de Communes de la Charente Limousine. Quant à l'article assassin dont Claire s'était fendue sur le leader des Gilets Jaunes en Charente, Antoine en avait entendu parler. Le responsable syndical de Sud Éducation au lycée avait pris à partie Antoine en salle des profs. Il avait traité les Mosnier époux et femme de « social-traîtres » : il n'avait pas apprécié qu'on se farcisse un camarade, aussi peu recommandable soit-il. Antoine regarda l'alignement des boîtes. En allant vers les pieds, on remontait le temps. Antoine avait dormi depuis des années au-dessus d'un paquet d'explosifs sans le savoir. Un SMS sonna. C'était Vanessa : « T'arrives bientôt ? ». Flûte il fallait partir. « J'arrive ». Il restait une boîte sans date à côté de celle de 2018. Antoine s'en empara sans en examiner le contenu. Il sortit précautionneusement de la maison, regarda prudemment alentour, ferma la porte en silence, se dirigea à pas de loup vers sa voiture et y grimpa sans un bruit. Il regardait sans cesse dans son rétroviseur. Il avait l'impression d'avoir le KGB aux trousses.

— Désolé petite sœur.

— C'est bon je suis dans les temps.

— C'est que j'ai plein de choses à te dire…

— Moi aussi ! On voit ça tout à l'heure.

Vanessa colla Gisèle dans les bras de son papa et fila chez le coiffeur.

27

Cognac
Jeudi 27 juin 2019

Pierre débarqua avec les chocolatines. La maison embaumait le café. Il avait tout manigancé la veille avec Vanessa. Ils partaient pour Blois, où Pierre avait retrouvé la trace de François. Un vrai jeu de piste pour l'ancien scout Pierre Hénaut.

François ne répondait toujours pas au téléphone. Sa messagerie était saturée. Joubert avait, comme promis, rappelé Pierre hier matin. Les arrêts maladie de François émanaient d'un médecin basé à Blois.

Manque de veine, sur le site des Pages Blanches, on dénombrait huit Loriot à Blois et alentour. Pierre tenta d'appeler tous les numéros. Personne ne répondait. Au quatrième Loriot, une petite dame décrocha en lui disant « Non merci Mademoiselle, je ne suis pas intéressée ». Pierre réussit juste à lui glisser qu'il n'avait rien à vendre, il voulait simplement parler à François. La petite dame lui répondit qu'elle se trompait, son neveu était chez ses parents, ceux qui habitaient avenue Maunoury. Pardon madame, je vous prie de m'excuser.

Pierre vérifiait en même temps sur l'écran de son ordinateur. Il y avait bien un Jean-Claude et une Marie-Pierre Loriot au 114 de l'avenue Maunoury. Bingo !

Pierre fit à nouveau chou blanc. Personne ne répondait chez les Loriot. Le numéro était un 09. Il pouvait servir uniquement de support à une connexion Internet. Et puis, qui répond au téléphone fixe aujourd'hui ? Quand un fixe résonne, il ne s'agit que de démarchage, de « Christophe de chez Orange » avec un accent maghrébin à couper au couteau, de marchands d'isolation, de vin, d'énergie, de régimes miracles... le téléphone fixe est devenu le véhicule des charlatans de la modernité. François devait se tenir dans les parages, mais ce n'était pas non plus certain. Son arrêt maladie avait été prolongé depuis plus de dix jours. Il était peut-être parti en vadrouille.

Pierre ne voulut pas déranger Joubert à nouveau. Il appela au siège et demanda Martine. Elle partirait en retraite en septembre. Il la connaissait bien, elle était l'encyclopédie des ressources humaines du journal. Oui, tout va bien, Martine, et vous ? Dites-moi... Non, François n'avait pas indiqué le numéro de ses parents dans son dossier personnel. Il commençait à être un grand garçon, à 34 ans... Ah mais attendez, je viens de recevoir une nouvelle prolongation d'arrêt de travail. Oui, par mail, ce matin, pour quinze jours encore. Le même médecin de Blois ? Oui, c'est ça. Merci à vous Martine, à bientôt.

Puisque François ne voulait pas sortir du bois, ils iraient le débusquer dans sa tanière. Blois n'était pas si loin, trois heures de route depuis Cognac.

— Une jolie ville, vous connaissez Vanessa ? Ils ont essayé de faire la nique à Angoulême avec un festival de BD mais rien ne vaut le nôtre…

Pierre trouvait que la disparition de François coïncidait trop avec celle de Claire pour ne pas cacher quelque chose. Quelque chose, mais quoi ?

Antoine avait bien fortuitement levé une piste en se rendant chez eux hier. Pas étonnant qu'ils se soient cassé le nez à fouiller dans tous les recoins numériques des espaces personnels de Claire. Elle travaillait à l'ancienne, papier et boîte archive, enfin boîte à chaussures plus précisément. Pierre sentit une pointe de fierté chatouiller son ego. Comme il lui avait appris ! Antoine et Vanessa avaient tout retourné pour tenter de démêler l'écheveau. Jusqu'à une heure avancée de la nuit, et sans XO, ils avaient lu et relu les éléments du dossier « Valmont », celui qui occupait la boîte sans date. Valmont, Pierre connaissait. Benoît Valmont était le plus gros agriculteur bio de la région et le propriétaire de la chaîne de magasins Bien d'Ici. Vanessa était cliente du magasin de Cognac, Antoine et Claire le fréquentaient également. Sous le nom de « Valmont » avait été ajouté en plus petit et d'une autre couleur « Jamet ». Dans le dossier se trouvaient plusieurs photos. Une photo aérienne des installations portuaires de La Pallice à La Rochelle. Claire avait noté « Énergie Vrac » dessus. Un autre cliché d'un bâtiment de stockage agricole, comme il en existe des milliers dans la région. Le cliché d'une étiquette, manifestement collée sur un emballage pour indiquer la composition d'un produit. Étaient indiquées des concentrations d'azote, d'azote ammoniacal, d'anhydride phosphorique et d'anhydride sulfurique. On y lisait de la main de Claire : engrais ! La photo d'un magasin Bien d'Ici. Une impression d'écran d'ordinateur présentait les administrateurs de la société Devon. Le nom de Sylvie Boulard était entouré au rouge. Claire avait écrit à côté : Prof espagnol ! Plusieurs articles sur la société Devon, des extraits de forums numériques, de discussions Linkedin, des tweets suivaient ainsi qu'un rapport de la région Nouvelle Aquitaine sur l'agriculture bio, état des lieux et perspectives. Venait ensuite l'extrait Kbis, la carte d'identité, de plusieurs sociétés. La holding BSVI et son dirigeant, Benoît Valmont, une kyrielle de sociétés civiles immobilières gérées par le même Benoît Valmont, la holding LJ Finances, dont le dirigeant s'appelait Louis Jamet, un nom que Pierre connaissait également. Il s'agissait du fils du député du cru. On retrouvait le nom de LJ Finances comme dirigeant d'une agence de communication, LA Comm ainsi que d'un organisme de certification bio, Certagro. Les statuts de ces différentes sociétés complétaient le dossier.

Ils se trouvaient en possession d'informations, de beaucoup d'informations, jetées en vrac dans une boîte à chaussures, dont ils ne savaient que faire. Manifestement Claire avait levé un loup. Quelque chose se tramait autour des noms de Valmont et Jamet, mais quoi ? Quelque chose autour de ces deux noms, autour du bio et de l'engrais, voyage en oxymore, sans qu'on puisse formuler autre chose que des hypothèses. Toutes les requêtes qu'ils avaient « googueulisées » n'avaient rien donné.

Cela pouvait-il avoir un rapport avec l'assassinat de Claire ? Antoine n'en était pas certain. Vincent Hallais avait certes une carrure de rugbyman mais pouvait également très bien taquiner le brocard le dimanche en Barbour, une 22 Long Rifle à la main. Il lui avait écrit le 15 février dernier : « Tu ne peux pas me faire ça. Je ne peux pas supporter l'idée de savoir que la vie continue sans toi, que tu vis là, tout près de moi. » La gendarmette avait oublié de lui dire.

— On tient quelque chose. C'est sûr, on tient quelque chose.

Pierre masquait moins son enthousiasme que Vanessa. Seuls Antoine et Gisèle semblaient assez peu affectés par ces récentes découvertes.

Waze les conduisit juste au bon endroit. Il était 12 h 30. Ils garèrent la voiture non loin de la maison. Avant de sortir, Vanessa fit promettre à Antoine de ne pas coller son poing dans la figure de François. Ils avaient besoin de savoir. Il fallait que François parle, qu'il crache le morceau. Antoine voudrait donc bien mettre sa fierté de mâle dans sa poche avec son mouchoir dessus. Et puis, justice n'est pas vengeance, conclut Pierre. Ce n'était pas de lui mais de Simon Wiesenthal, le chasseur de nazis.

— D'autant que la petite est avec nous, tu ne veux tout de même pas lui enseigner la violence ?

— Non mais calmez-vous tous les deux !

Antoine était un adulte, responsable, raisonné et raisonnable. Qu'est-ce qu'ils allaient imaginer ? Un bourre-pif comme entrée en matière ? Non jamais, ô grand jamais, non !

28

Cognac
Jeudi 27 juin
12 h 30

Machine sortit en retard du bureau. Elle terminait à midi normalement. Elle se dirigea vers sa voiture garée sur le parking arrière. Les places en façade étaient réservées aux clients. Elle avait tenu à boucler sa remise de prix pour la maison Rémy Martin à temps. Les grands noms de maisons de cognac, ça se soigne. Elle s'en foutait de cette demi-heure, son boss n'était pas chien quand elle devait aller chez le dentiste ou chez le médecin même si elle essayait toujours de caler ses rendez-vous en dehors des heures de travail. C'était peut-être pour cela que son boss n'était pas chien : elle avait bon état d'esprit Machine. Aujourd'hui elle n'avait pas non plus rendez-vous avec Loulou. Sinon elle aurait décampé plus tôt…

Elle avait actionné l'ouverture à distance et tenait la portière ouverte lorsqu'une main se plaqua sur sa bouche pendant qu'un bras lui ceinturait le corps, l'empêchant de se débattre.

— Doucement ma jolie. Je ne te veux pas de mal.

C'était quoi cet accent ? Europe de l'est, Russie, oui c'était peut-être ça, Russie. Machine était terrorisée. Qu'est-ce qu'il lui arrivait ? Il lui racontait quoi ? Il fallait qu'elle regarde là, sur le côté, dans sa main qui tenait son bras prisonnier ? Quoi ? Une lame de couteau ! Mais c'était quoi ce malade ? Putain, elle allait finir comme une pièce de bœuf sur le parking de sa boîte. Elle était incapable de faire un mouvement, d'émettre un son. Tétanisée. C'était ça être tétanisée par la peur. Elle ne le savait pas jusqu'à maintenant. Si elle ne disait rien, tout allait bien se passer et dans dix minutes elle serait libre. Maintenant il allait l'accompagner pour qu'elle s'assoie sur le siège passager. Elle ne devait pas oublier qu'elle avait une lame de couteau dans le dos et qu'au moindre cri la lame s'y enfoncerait. Machine obtempéra. À peine fut-elle assise que le type lui colla un morceau de scotch américain sur la bouche. Simple précaution avait-il ajouté avant de lui faire boucler sa ceinture et de refermer la portière passager. Il s'installa sur le siège conducteur.

Machine transpirait à grosses gouttes. Elle se sentait défaillir. Elle aurait bien voulu tomber dans les pommes pour ne pas voir sa misère. Il démarra. Où l'emmenait-il ? Ça allait mal finir, c'était sûr. Il allait la violer, la tuer, peut-être la découper en morceaux et puis laisser son corps ou ce qu'il en resterait dans une allée au coin d'un bois. Elle allait finir bouffée par les corbeaux ou les renards, Machine. C'était moche quand même comme fin. Elle se mit à sangloter. Il ne fallait pas. Elle devait lui tenir tête à ce connard, lui montrer qui elle était. Peut-être qu'il avait des biscotos et un couteau, mais elle Machine, elle le méprisait. Elle se tourna pour le regarder : une tête de tueur. C'est l'image qui vint immédiatement à l'esprit de Machine. Il était terrifiant ce type. Il allait la tuer. Sinon il aurait masqué son visage. Un flot de larmes brouilla la vue de Machine. La voiture s'arrêta. Où étaient-ils ? Elle lut sur le mur du bâtiment : Club de Tir du Cognaçais. Il la tuait quand ? Maintenant ou après ? Il fallait quoi ? Qu'elle descende ? Elle restait là ? Machine, la bouche entravée par le scotch, ne pouvait que faire des signes de tête. Il tira un grand coup sur le scotch. *Salaud, ça fait mal ! Enfoiré avec ta tronche de tueur !* Machine gardait ses réflexions pour elle. Elle était trop contente que l'autre la laisse là, en pleine cambrousse, paumée et qu'il se tire avec sa bagnole. Il avait une dernière chose à lui demander. Qu'elle fasse une commission à Louis : « une comme celle-ci (il tapait sur le tableau de bord pour désigner la voiture), une comme celle-ci me suffirait ».

Il lui fit répéter trois fois puis lui intima l'ordre de descendre et de refermer la portière. *Je peux même te laisser ma carte pour faire le plein si tu veux, Poutine !*

Dmitri démarra en trombe. Machine, tremblante et soulagée, regarda son Audi A3 s'éloigner. Elle l'aimait bien sa bagnole, tant pis. Elle sortit nerveusement son portable de son sac. C'était quoi cette embrouille ?

Louis Jamet vit l'écran de son portable s'allumer. Machine. Il avait raison, elle était en train de s'attacher. Non, il s'était dit qu'il ne lui répondrait plus.

29

Blois
Jeudi 27 juin 2019
13 heures

François avait été surpris de voir Pierre, Antoine, et Vanessa qu'il ne connaissait pas, débarquer. Sa maman était contente que des amis viennent le voir pendant son « beurre d'août ». Ça allait lui faire du bien parce que vous savez, il ne voit personne ici, il ne sort jamais, un tour dans le jardin de temps en temps mais on a bien du mal à le traîner dehors. Bientôt un mois qu'il est comme ça et ça ne s'améliore guère. Enfin, qu'est-ce que vous voulez que je vous dise... Non, allez-y, on allait passer à table mais ce n'est pas grave, je vais enlever son couvert. C'est bien mieux que vous alliez déjeuner tous les quatre, et même tous les cinq avec cette jolie poupée, qu'elle est belle ! Comment tu t'appelles ma chérie ? Gisèle ? Ah, c'était le nom de la cousine de ma mère. C'est vrai que ça revient à la mode les vieux prénoms. Les voisins, ils ont un petit garçon, ses parents ils l'ont appelé Gustave. Quand même, ça fait vieux ! Mais je vous retarde. Bon, profite-bien mon poussin.

— Maman ! J'ai eu 34 ans la semaine dernière bordel !

— Les gros mots, Poussin ! Il y a une enfant ici. Allez, monte en voiture Poussin, et mets bien ta ceinture.

Antoine buvait du petit lait. La route se fit en silence. Gisèle commençait à s'impatienter. Après ce long voyage, elle n'appréciait pas de retrouver son siège auto. Ils se garèrent et marchèrent un peu pour permettre à la petite de se dégourdir les jambes. Elle commençait à vouloir courir, déjà ! Claire ne connaîtrait pas cela.

Ils prirent leur table. Pierre rentra presque immédiatement dans le vif du sujet. Ils n'étaient pas venus prendre de ses nouvelles. Ils voulaient savoir quand il avait vu Claire pour la dernière fois. Ça devait être la veille du meurtre. Qu'est-ce ce qu'elle lui avait dit ? Rien de particulier, qu'elle partait avec vous deux, il désignait Antoine et Gisèle, passer le week-end prolongé sur votre terrain de l'île de Ré. Est-ce qu'elle lui avait dit sur quoi elle bossait ? François se rembrunit.

— François, c'était Vanessa qui parlait, le souvenir de Claire est extrêmement douloureux pour nous tous… François était blême… Nous avons de bonnes raisons de penser que Claire n'a pas été tuée par hasard. Nous pensons que quelqu'un lui en voulait et l'a abattue. Une goutte de sueur perla à la tempe de Poussin. François, je comprends que vous ayez peur. Nous avons tous peur. Mais nous devons faire la lumière sur ce qui s'est passé ce soir-là. Nous le devons à Claire. Elle a passé sa vie à faire surgir la vérité. Vous étiez proches je crois ?

Antoine faillit s'étrangler avec une cacahuète.

— Vous devez nous dire ce que vous savez. Vous lui devez au moins ça, François. Même si cela vous semble anodin, même si c'est une petite chose. Tous les éléments du puzzle que nous pourrons rassembler nous aideront à y voir plus clair.

François avait envie d'aller aux toilettes. Il se leva et se dirigea d'une démarche mal assurée vers le bout du bar. Vanessa et Pierre se regardèrent d'un air interrogatif. Antoine donna une cuillérée de petit pot « légumes verts poulet bio » à Gisèle en imitant sa sœur :

— « Vous étiez proches, je crois ? ».

— Antoine, bon sang, arrête de tout ramener à toi !

— T'en as de bonnes, toi ! Il est mort ton mari ? Il s'est tapé la patronne du Café des sports ? Sa collègue lui écrivait des poèmes peut-être ?

Antoine défiait Vanessa du regard. Pierre intervint.

— Ce n'est vraiment pas le moment de se chamailler, sinon je vais devenir grossier et il y a une enfant ici. On est tous sur les nerfs avec cette affaire. Je vous en prie, il faut qu'il nous lâche le morceau, le poète. Je mettrais ma main à couper qu'il sait des choses.

François se regardait dans le miroir. *Claire. Claire, je pense à toi à chaque minute depuis… J'ai si peur, Claire.* Vanessa avait raison, il lui devait bien cela. Il n'allait pas se cacher comme ça toute sa vie. *Et puis est-ce que je tiens tant à la vie depuis que celle qui l'illuminait est passée de l'autre côté du miroir ?* Tiens, c'était pas mal, ça, il faudrait qu'il le note dans son cahier en rentrant tout à l'heure. Il fallait qu'il s'en souvienne. Pourquoi tenir à la vie que tu illuminais depuis que tu es passée de l'autre côté du miroir ? François s'aspergea copieusement le visage. Il revint à table dégoulinant, sous l'œil ébahi de Vanessa et Pierre. Antoine n'arrivait pas à le regarder.

Entre deux bouchées de salade de chèvre chaud et trois gorgées de rosé de Loire, François raconta l'incident qui avait eu lieu le mardi juste avant le meurtre. Claire lui avait demandé d'organiser un rendez-vous avec Louis Jamet en prétextant la réalisation d'un dossier sur l'inexorable poussée du bio, du champ aux assiettes. C'était le titre que Claire avait trouvé pour son « fake ». Elle ne pouvait pas demander un rendez-vous en direct à Louis Jamet, il ne lui aurait jamais accordé. Ce co... ce sale type (il y avait une enfant à table) ne lui avait pas pardonné l'affaire de 2017. Sa boîte de communication avait perdu coup sur coup deux clients importants : le député du coin, Jean-François Jamet, mais également l'hôpital de Cognac dont Jamet père était un administrateur ancien et influent. Devant le tollé provoqué par les articles de Claire, les contrats qui sentaient trop fort le « Pénélope Gate » en pleine affaire Fillon avaient été annulés. Louis Jamet ne l'avait pas pardonné à Claire. Lorsqu'ils se croisaient en terrasse Place François Ier, leurs bureaux étaient proches, jamais il ne lui disait bonjour. Claire tenait à rencontrer Louis Jamet à cause d'une enquête qu'elle réalisait en ce moment. Elle travaillait sur les pesticides. Peu de temps avant, les medias nationaux avaient révélé une immense opération de fichage par l'entreprise Monsanto. Le fabricant du glyphosate avait classé deux cents personnalités françaises, journalistes, politiques, scientifiques, en fonction de leurs affinités avec le glyphosate ou les OGM, le fonds de commerce de Monsanto. Claire, qui prenait le dossier sous son angle local, avait, assez naturellement, fouillé du côté de chez Devon, la firme de Rochefort qui fabriquait et commercialisait des engrais minéraux. En épluchant la liste des administrateurs de Devon, elle avait été intriguée par un nom : Sylvie Boulard. Un hasard, Claire avait eu au collège une prof d'espagnol qui s'appelait Sylvie Boulard, jusqu'en 95 ou 96, elle ne se souvenait plus bien. Mademoiselle Boulard s'était mariée et avait quitté le collège pour travailler avec son mari. Son mari s'appelait Benoît Valmont, devenu depuis le parangon de l'agriculture bio en Charente et l'initiateur de la chaîne de magasins de producteurs Bien d'Ici. Madame dans l'engrais et monsieur dans le bio : Claire trouvait la chose louche et avait poussé plus loin ses investigations. Elle était rentrée clandestinement à « La Rivauderie », l'exploitation de Benoît Valmont. Elle avait réussi à pénétrer dans un local de stockage rempli de sacs qui contenaient différents types de produits. Elle avait pris des photos des sacs et les avait envoyées à un pote de lycée qui travaillait dans un laboratoire d'analyse. Ah oui, Sylvain, Antoine le connaissait. Le gars avait été formel : vu les concentrations d'azote et d'autres machins aux noms imprononçables, les sacs contenaient des engrais minéraux, ceux de l'agriculture conventionnelle, des produits rigoureusement interdits dans l'agriculture bio. Claire avait poussé plus loin ses investigations. Être bio ne se décrète pas : l'attribution du label n'a lieu qu'après l'intervention minutieuse d'un bureau de contrôle. L'organisme vérifie les techniques et les produits de l'exploitation ou de l'entreprise et les certifie conformes aux exigences d'un cahier des charges drastique. En France, Écocert est le plus gros acteur du marché de la certification bio. Benoît Valmont ne travaillait pas avec Écocert, mais avec un organisme local, Certagro. Claire s'était rendue aux bureaux d'Écocert à Angoulême pour entendre la responsable. Il n'était pas possible de contourner le système. Les rendements des exploitations agricoles étaient contrôlés strictement. Les chiffres auraient trahi celui qui aurait tenté de saupoudrer ses cultures bio d'engrais conventionnel. Il aurait fallu imaginer une vaste escroquerie, quelque chose qui tournerait autour de fausses déclarations, de double comptabilité et de complicité de l'organisme certificateur. Autant de choses inimaginables : elles se situaient aux antipodes de l'éthique tant des bureaux de contrôle que des producteurs bio. Claire n'avait pas peiné à trouver que Certagro était une entreprise qui appartenait à Louis Jamet. Encore lui !

Et si… Et si tout cela était vrai ? Claire en était convaincue. Elle manquait d'objectivité. Elle avait une dent contre les Jamet, père et fils. François avait essayé de le lui dire, mais elle avait insisté pour qu'il obtienne ce rendez-vous et vous savez combien il était difficile de résister à Claire…

Le verre de vin d'Antoine se renversa accidentellement sur la chemise et le pantalon de François. Oh pardon mon poussin ! Qu'est-ce qu'il avait, Antoine ? Il était bizarre se dit François.

Deux jours avant qu'Antoine et Claire partent à l'île de Ré, le mardi, s'était tenu ce fameux rendez-vous avec Louis Jamet. Jamet s'était montré très agressif lorsqu'il avait vu Claire arriver avec François pour leur soi-disant enquête. Il avait failli les mettre dehors. Claire avait déployé des trésors d'hypocrisie. Le passé était le passé, elle n'avait fait que son travail, elle voulait qu'ils arrivent à se parler de nouveau car il était un entrepreneur considéré, à Cognac. Il leur fallait repartir sur de bonnes bases, elle venait en amie aujourd'hui. L'autre s'était à peine radouci mais il avait accepté l'interview. Claire et François avaient répété leur numéro. D'abord des questions générales par François, histoire de détendre leur interlocuteur, puis Claire avait pris le relais sur la certification en posant des questions techniques, de plus en plus ciblées. À un moment, Jamet avait compris où elle voulait en venir et avait mis fin précipitamment à l'entretien. Claire était furax. En quittant le bureau de Jamet, elle avait eu le mot de trop : elle savait que la femme de Valmont siégeait au conseil d'administration du plus gros producteur d'engrais conventionnel de la région. Elle prouverait l'existence d'un vaste système de corruption qui liait Louis Jamet et Benoît Valmont.

Un ange passa. Chacun était perdu dans ses pensées. Antoine était veuf, définitivement veuf. Gisèle admirait les chaussures brillantes de la dame à côté. Pierre avait bien senti les choses. Vanessa pensait à l'étape d'après : tous ces efforts n'avaient permis que de révéler un mobile. L'amant aussi avait un mobile. Ils ne savaient toujours pas qui avait appuyé sur la gâchette.

Pierre se leva pour aller régler. Ils firent le chemin à l'envers pour retourner à la voiture.

— Vous voulez qu'on aille faire un tour quelque part ? Chambord ? Cheverny ? Le château de Blois vaut le coup d'œil. Il y a une expo en ce moment sur le thème des enfants de la Renaissance. Ça peut intéresser Gisèle...

Antoine explosa. François n'y connaissait définitivement rien aux gamins, et à la vie non plus. Tout de suite maintenant, ils allaient rentrer à Cognac et Gisèle ferait sa sieste en voiture. À seize mois, c'était ça qui intéressait Gisèle plus qu'une expo sur les enfants de la Renaissance ! Quant à François, il allait rentrer à pied ça lui ferait du bien. Il avait tendance à faire du gras ces derniers temps. Maman Poule devait sûrement donner trop à manger à son poussin.

— Ah oui, un dernier truc pour toi !

Antoine plongea la main dans la poche arrière de son pantalon et jeta en l'air des feuillets de papier. Les acrostiches de François s'envolèrent et retombèrent nonchalamment dans la poussière et sur les graviers du parking.

— C'est quoi ce truc ?

— Ce truc, ce sont les poèmes que tu as écrits à ma femme, tête de nœud !

Antoine lui colla une droite magistrale qui envoya voler ses lunettes. François avait mal au nez. Il ne voyait pas bien sans ses lunettes. Sa joue le brûlait. À quatre pattes sur le parking, il ramassait ce qu'il pouvait des débris de ses poèmes. Pourquoi tenir à la vie que tu illuminais depuis… depuis quoi déjà, flûte, il aurait dû noter.

Antoine installa Gisèle dans son siège auto.

— Allez, en route tout le monde ! C'est qu'on n'est pas d'ici, dit-il en se frottant la main droite qui était douloureuse. Je t'avais promis petite sœur, pas de bourre-pif avant déjeuner pour fêter nos retrouvailles avec mon ami François.

Pierre et Vanessa eurent du mal à réprimer un sourire.

30

Saint-Martin-de-Ré
Jeudi 27 juin 2019
15 heures

Le Brigadier Marcadier dardait sur la Majore Labat un regard interlope. Depuis qu'il se tapait sa sœur, il avait l'impression de mieux connaître sa supérieure. Mathilde sentait bien que Marcadier nourrissait des pensées lubriques.

— Une question, Brigadier ?

— Non, Majore.

— Dans ce cas, vous pouvez disposer. Soyez prêt pour demain matin.

Décidément, pas facile de la dérider, Math'. C'est ainsi que Clémence appelait sa sœur. Un mur, un rempart, une carapace la protégeaient. Elle ne se laissait pas approcher. Clémence avait parlé d'inviter Hugo, c'était le prénom de Marcadier dans la vie civile, à déjeuner un prochain dimanche à la maison. Mon Dieu, à tout prendre, Mathilde se demandait si elle ne préférait pas encore que sa sœur sorte avec un paumé fumeur de pétards.

Mathilde voyait sa copine Alexandra ce soir. Elle lui présentait deux potes ostréiculteurs. Elle ne sortait pas avec l'un des deux. Depuis quinze jours, Mathilde avait dû s'adapter dans son appartement de la caserne. Elle avait acheté des boules quies avec lesquelles elle s'endormait le soir. Cela ne l'empêchait pas de se toucher beaucoup plus souvent qu'avant et d'y prendre du plaisir, mais au moins elle n'avait pas l'impression de faire ça en famille. Mathilde était en train de reprendre possession de son corps. Peut-être qu'elle laisserait un jour un homme s'y immiscer. Ce n'était plus hors de propos.

Le Capitaine de Surmon l'avait convoquée à son bureau. Il voulait revoir et peaufiner le plan d'action pour la sécurité routière sur l'île cet été. Les premiers touristes allaient débarquer en masse à partir de ce week-end. Il fallait doser prévention et répression. Les patrons des bars de nuit et des discothèques seraient convoqués à une réunion d'information à la gendarmerie de Saint-Martin. Ils étaient en première ligne pour sensibiliser leurs clients. La Majore Labat proposait également à son supérieur des postes statiques sans contrôle à certains emplacements stratégiques de l'île, simplement pour faire jouer la peur du gendarme, ainsi qu'un calendrier prévisionnel d'opérations de contrôles de vitesse en différents points du réseau routier. Elle tenait également à ce qu'une action spécifique soit déployée à l'attention des cyclistes sur un territoire où le vélo est roi, souvent au mépris des règles les plus élémentaires de prudence et de sécurité. Son dossier lui semblait complet.

Le Capitaine de Surmon désarçonna sa subordonnée en l'attaquant d'emblée sur l'affaire Mosnier, la journaliste assassinée au Bois-Plage le week-end de l'Ascension. Non, il n'y avait pas de nouveau. Oui, mon Capitaine, nous avons laissé le mari repartir. Le Capitaine de Surmon faisait-il exprès ou avait-il la mémoire courte ? Certes, elle n'avait jamais cru à la culpabilité d'Antoine Mosnier. Lors d'une pause pendant l'interrogatoire, la Majore Labat avait replongé dans son dossier. Elle avait attiré l'attention du Capitaine sur un point essentiel du rapport d'autopsie : la victime avait été abattue dans les quelques minutes qui avaient suivi le rapport sexuel. Cela disculpait a priori le mari. Matériellement, le crime aurait été impossible à perpétrer. C'était la raison pour laquelle ils avaient laissé Antoine Mosnier regagner Cognac. Restait l'hypothèse d'un meurtre commandité, d'un meurtrier en embuscade, au nom et pour le compte de qui ? L'épluchage des comptes bancaires et des relevés téléphoniques du couple, du mari et de l'amant n'avaient rien révélé de suspect. La Majore Labat s'envasait sur la piste du crime crapuleux. D'ici à deux semaines, le dossier partirait à la Section de Recherches de Bordeaux.

— Entre nous, Majore, tout le monde s'en fout de ce cadavre !

Si le dossier Mosnier rejoignait le tas des affaires non élucidées, cela ne nuirait pas à l'avancement de la Majore. Parlez-moi de sécurité routière je vous prie. Il tenait à lui faire comprendre où était les priorités. À son âge, il était normal qu'elle s'enflamme un peu avec toutes les conneries qu'on diffusait à la télévision.

La sonnerie du téléphone professionnel de Mathilde retentit. Elle mit l'appareil en silence et brilla auprès de son supérieur. Tout cela lui semblait parfait. Le Capitaine se fendait rarement d'un compliment. La Majore Labat était sur un petit nuage. Elle en oublia jusqu'au soir d'écouter le message d'Antoine Mosnier qui demandait à la voir au plus vite.

31

Vendredi 28 juin 2019
14 heures

Ils attendaient fébrilement dans l'accueil de la gendarmerie de Saint-Martin-de-Ré. La Majore Labat était prévenue. Elle ne devrait pas tarder. Vanessa avait tenu à accompagner son frère. Gisèle était en garde chez leurs parents. Elle tenait à être près de lui. Il fallait impérativement que la gendarmette prenne l'affaire au sérieux. La dernière expérience d'Antoine ici avait été douloureuse. Il avait accusé le coup. Les gendarmes pourraient penser qu'Antoine voulait les emmener sur une fausse piste. Ils chercheraient peut-être à le déstabiliser. Les militaires sont parfois imprévisibles, Vanessa le savait, qui en avait épousé un.

Antoine avait passé la soirée de jeudi à rédiger un mémo qui reprenait toutes les informations que leur avait données François, illustrées par les nombreux documents qui constituaient le dossier de Claire. Cela se tenait. C'était cohérent, limpide, bien construit. Si avec cela, Louis Jamet ne se retrouvait pas avec les bracelets aux poignets, c'était à n'y rien comprendre.

— Monsieur Mosnier. Madame, vous êtes… ?

— La sœur de Monsieur. Bonjour Mademoiselle.

— Majore Labat.

— Bonjour Majore, pardon !

C'était une gamine qui leur faisait face. Une jolie gamine avec des yeux verts à croquer. Ils longèrent le couloir des bureaux pour aller s'installer dans une salle de réunion au fond du bâtiment. La dernière fois, c'était dans le bureau de la Majore qu'Antoine s'était fait cuisiner. Ils se livrèrent à un exposé exhaustif et structuré, s'appuyant sur le mémo d'Antoine. Quand ils eurent fini de lui faire part de leurs découvertes, Mathilde respira. Elle avait donc vu juste. Il fallait qu'elle aille voir son supérieur avec ces nouveaux éléments. Elle reviendrait vite. La dernière fois qu'à l'île de Ré quelqu'un avait dit à Antoine qu'elle revenait vite, c'était Claire qui n'avait jamais pu se relever. Antoine tenta de chasser cette pensée inopportune. Vanessa avait envoyé un texto à ses parents. Gisèle dormait.

La Majore revint au bout de ce qui leur sembla un siècle. Le Capitaine de Surmon avait refroidi les ardeurs de sa subordonnée. Elle avait mis le doigt sur un scandale, certes. Mais ce scandale n'était pas de leur ressort pour commencer. Ensuite, ce scandale ne prouvait pas le meurtre. Tout au plus pouvait-il fournir un éventuel mobile, mais pas moins que la liaison de la victime avec son amant et que la jalousie de son mari.

— Décidément, Majore, vous avez l'imagination bien fertile.

Antoine se décomposait à mesure de l'exposé de la gendarmette, qui tentait malgré tout de faire siennes les thèses de sa hiérarchie. L'obéissance est une vertu dans la gendarmerie.

– Avez-vous les bandes vidéo des véhicules qui ont emprunté le pont, Majore ?

On voulait sortir Vanessa par la porte, elle rentrait par la fenêtre. Oui, la Majore les possédait, ces bandes, pas pour longtemps, dans moins d'un mois elles parti raient à la destruction, c'était la loi. Pouvaient-ils les regarder ensemble ? Pourquoi pas si vous y tenez, mais vous n'y trouverez pas grand-chose, elles avaient déjà été visionnées. La Majore Labat emmena Antoine et Vanessa jusqu'à son bureau et tourna l'écran de son ordinateur pour qu'ils puissent voir également. À quelle heure êtes-vous arrivés monsieur Mosnier ? Antoine ne se souvenait plus bien. C'était en fin de journée, sûr, mais était-il 18 h 10, 20, 30 ou plus, il n'avait pas noté cela précisément. Tant pis, ils commenceraient à visionner les entrées sur l'île à partir de 18 heures. Et si nous regardions les départs ? Vous les avez aussi ? À quelle heure la chose s'est-elle passée ? Le meurtre vous voulez dire ? Oui, c'est ça, le meurtre. *Question psychologie ma jeunette, tu repasseras !* 23 heures environ. Oui, bien sûr, on pouvait regarder les sorties de l'île. Le temps de faire le trajet du Bois-Plage au pont, il fallait compter un bon quart d'heure.

La Majore Labat positionna la vidéo sur 23 h 15. C'était morne, le côté « sortie de l'île » un mercredi de veille de pont vers 23 heures. L'écran renvoyait surtout la lumière des phares des voitures qui, dans l'autre sens, balayaient l'obscurité. 23 h 28. Une camionnette blanche passait dans le champ de la caméra. Sur le côté, là, stop ! Vous pouvez revenir un peu en arrière s'il-vous-plaît ? Arrêtez-là, comme ça, oui. On devinait des inscriptions qui avaient été effacées sur le flanc du véhicule. Vous pouvez zoomer un peu ? Oui, juste comme ça. La majore Labat épela distinctement : D, E, V, O, N.

— Putain on le tient !

— Antoine, je t'en prie, Gisèle n'est pas là mais tu es en présence de deux femmes dont une gradée de la gendarmerie.

Ils relevèrent l'immatriculation et la Majore fit venir Marcadier pour qu'il obtienne immédiatement l'identification du véhicule.

Ils prirent ensuite le temps de regarder la longue file de véhicules qui étaient rentrés dans l'île à la fin de l'après-midi. À quelle heure le véhicule suspect était-il arrivé ? Ils avaient écouté le journal de 18 heures avant de passer le péage côté continent, Antoine, s'en souvenait maintenant. Il fredonna le sempiternel générique du journal de RTL. Oui, ils avaient écouté les Grosses Têtes sur la route. Il avait un peu honte, ça faisait un peu beauf pour un prof de lettres, mais il aimait bien Ruquier. Il était 18 h 07 lorsque leur 2008 avait passé le pont. Antoine venait de voir la dernière image de Claire en vie. Il conduisait. Claire occupait la place du mort. Deux voitures après eux, ils virent cette fois le Berlingo Devon qui arrivait. Ce n'était pas une preuve, mais cela faisait beaucoup de coïncidences.

Le Brigadier Marcadier entra dans le bureau : le propriétaire du véhicule était un certain Dmitri Anikine, domicilié à Burie, une commune de Charente-Maritime située à un jet de pierre de Cognac. Ça sentait bon, pensait Vanessa. Il appartenait maintenant à la Majore Labat de mener à bien l'affaire. Rien n'était acquis. Faire sortir la vérité de ce sac de nœuds s'annonçait une nouvelle épreuve.

Ils se regardaient tous les trois en silence, presque contents. On aurait pu croire qu'ils étaient heureux malgré tout cela. Une larme perlait aux paupières d'Antoine. La Majore, par pudeur, tourna ses jolis yeux vers l'écran. Elle ne voulait pas violer ce moment d'intimité. Tiens, 9393, c'est amusant comme immatriculation…

Vanessa regarda au même moment : c'était la voiture de Pierre qui venait de rentrer sur l'île à 18 h 14 ! Pouvez-vous repasser l'image, Majore ? Pas de doute, c'était bien lui. La Majore reconnut la voiture du type qui l'avait empêchée de sortir le jour des funérailles de la victime. Qu'est-ce que Pierre Hénaut venait faire dans l'île le soir du meurtre ?

— Monsieur Mosnier ?

La voix de la Majore tira Antoine de ses pensées. Le trouble provoqué par ces deux découvertes coup sur coup était palpable.

— Pardon.

— Avez-vous le téléphone de monsieur Hénaut ?

— Bien sûr.

Antoine sortit fébrilement son mobile de sa poche, le déverrouilla difficilement et tourna l'écran vers Mathilde.

32

Burie (Charente Maritime)
Vendredi 28 juin 2019
14 h 30

Machine monta dans la vieille Mégane de ses parents. Elle n'allait quand même pas se taper la route à vélo. C'était tout ce qu'elle avait trouvé depuis qu'hier, « Poutine », comme elle l'avait surnommé, s'était volatilisé avec son Audi A3.

Ça l'énervait, Machine. Cette bagnole, elle l'aimait bien. Elle y avait investi une part conséquente de ses économies. Se faire braquer comme ça en plein midi. En pleine journée, en plein soleil, au vu et au su de tout le monde… sauf qu'il n'y avait personne. Elle avait eu la peur de sa vie. Au final, c'était pénible, mais ce n'était pas dramatique. Ce n'était qu'une bagnole. L'autre fou de Poutine aurait pu la torturer, la violer, la trucider, la dépecer… Mais enfin quand même, le crédit n'était pas fini de payer.

Tout ça pour quoi ? Elle retournait la question dans sa tête depuis hier. Pourquoi cette mise en scène ? Le scotch sur la bouche, la pointe du couteau dans son dos… Pourquoi ne lui avait-il pas bêtement collé une bonne mandale, piqué son sac à main avec la clé à l'intérieur avant de se tirer ? À quoi ça rimait cette mise en scène ? Et l'autre con de Loulou qui ne répondait plus au téléphone. Dix appels, deux messages téléphoniques, trois textos : il lui prenait quoi à Loulou ? C'était pourtant bien à cause de lui que tout ça était arrivé. Machine en était certaine. Elle se repassait la scène en boucle depuis hier. Le braqueur avait été clair : « une comme celle-ci suffirait » avait-il dit en tapotant sur le tableau de bord. *Encore heureux que ça suffirait : il ne se mouche pas du coude, Poutine !* Elle devait transmettre le message à Louis. Louis… Bon, de Louis, il n'y en avait qu'un dans la vie de Machine. Donc c'était lui, c'était forcément lui, Loulou. *Mais Louis comment déjà ? Genêt, Jaunet…* Machine n'était pas très forte sur les noms propres. Elle se plantait tout le temps sur le nom des médicaments. *Oui, enfin ma cocotte, ça veut dire que depuis bientôt un mois tu te tapes un mec dont tu ne connais même pas le nom…* » Si elle savait, sa mère se lamenterait. D'ailleurs, elle n'avait pas expliqué les circonstances de l'épisode Poutine à ses parents. Elle avait simplement mentionné le vol de sa voiture. Si elle avait dû leur raconter Poutine, ils se seraient inquiétés pour rien et puis sa mère n'aurait pas pu s'empêcher d'y aller de sa petite ritournelle : « Mais tu fréquentes qui ? C'est sérieux au moins ? Tu sais que tu commences à ne plus être toute jeune ? Il faudrait peut-être songer à te caser. Et c'est qui, d'abord, ce type ? Hein, tu ne sais même pas comment il s'appelle ? Non mais ma chérie ! Tu sais que ton grand-père m'aurait fichu à la porte pour moins que ça ! Déjà qu'il m'a fait une scène quand je lui ai dit que je voulais épouser ton père... »

— Maman, tu me saoules !

Machine sursauta au son de sa propre voix. Elle était la seule occupante de la voiture. Pas de quoi s'agacer, certes, mais c'était sorti tout seul, sans prévenir, au moment où elle garait la Mégane devant la gendarmerie de Burie, la plus proche du domicile de ses parents. L'assurance lui avait dit qu'elle devait déposer plainte. C'était important pour se couvrir si des infractions étaient commises avec sa voiture. C'est vrai que Poutine aurait pu aller braquer une banque avec sa bagnole ou poignarder le premier venu et le laisser sécher dans le coffre. C'était important aussi pour être remboursée... ça n'augurait rien de bon pour Machine. Elle y laisserait des plumes. C'est toujours comme ça avec les assurances. Alors, franchement, que sa mère arrête de la gonfler avec ses fréquentations. Depuis son divorce, Machine n'était toujours pas prête à s'abandonner à quelqu'un. Ces relations d'un soir, d'un mois, d'un coup ou plus si affinités, ça lui convenait très bien. *C'est pourtant vrai qu'il n'est pas maladroit au pieu mon Loulou* remarqua Machine in petto alors qu'elle appuyait sur le bouton de l'interphone de la gendarmerie.

Elle fut reçue quelques minutes plus tard par un gendarme qui se présenta sous le nom de Boutry. Un grand gaillard d'une cinquantaine d'année, des cheveux clairsemés sur le haut du crâne, une bedaine légèrement proéminente et une voix calme dans laquelle perçait une légère pointe d'accent du sud-ouest.

Le profil bonhomme du Gendarme Boutry mit Machine en confiance. Elle déclina son identité avant de rentrer dans le vif du sujet. Si elle n'avait rien dit à ses parents, elle avait décidé de jouer franc-jeu avec la maréchaussée. Machine ne tenait pas à faire des cachoteries, à ne raconter qu'une partie de l'histoire : à un moment ou à un autre, elle se couperait et cela mettrait le doute dans l'esprit du gendarme. Si le gendarme avait un doute, l'assurance aussi pourrait avoir un doute et tout cela pourrait se retourner contre elle.

— Ainsi donc, cet homme vous a immobilisée et forcée à monter dans votre voiture ?

— C'est ça.

— Et comment était-il, cet homme ? L'avez-vous vu ? Sauriez-vous le reconnaître ?

Machine raconta l'accent russe. « Russe, vous êtes certaine ? » Russe, ou pas, c'était un fort accent, de l'est au moins c'est sûr. Puis elle parla du profil de l'homme qu'elle avait regardé : une tête de tueur.

— Pardon madame, qu'est-ce qu'une tête de tueur ? Vous savez, à l'âge que j'ai maintenant, j'en ai croisé quelques-uns, eh bien croyez-moi : la tête de l'emploi n'existe pas ! J'ai connu un gamin tout mignon qui a empoisonné sa grand-mère pour lui prendre deux-cents euros dans son porte-monnaie et des types à la mine patibulaire qui n'auraient jamais fait de mal à une mouche ».

Machine réfléchit et revit « les cheveux, les cheveux blancs, les cheveux blancs coupés en brosse, des yeux très bleus, un bleu un peu délavé, un type maigre avec un visage de tueur, désolée je ne vois que ça comme mot. Le visage, comment dire… ? anguleux ? Oui, c'est ça ! anguleux : un peu comme si on l'avait dessiné avec des grands traits droits. Était-il grand ? oui, plutôt grand, un peu comme vous. » On progressait.

— Et cet homme vous a demandé de passer le message suivant : « une comme ça suffirait ? »

Oui, c'était bien cela. Il voulait tellement que Machine ne l'oublie pas qu'il lui avait fait répéter trois fois. De cela, elle était certaine. Et à qui fallait-il qu'elle délivre le message ? À Louis. Très bien. Et qui était Louis ?

— Un ami. Enfin un peu plus qu'un ami si vous voyez ce que je veux dire.

— Je vois, je vois. Louis comment ?

Machine avait beau chercher, elle ne retrouvait pas. Jamet, Janvier… c'était un truc comme ça, sûr, mais précisément, elle était incapable de le dire.

— Ah, c'est là que le bât blesse. Vous entretenez donc une relation intime avec un homme dont vous ne connaissez pas le nom ? Non non, madame, je ne juge pas, je suis simple gendarme, pas magistrat. Mais vous entretenez cette relation depuis suffisamment longtemps pour qu'un homme que vous ne connaissez pas puisse le savoir, vous identifier, vous suivre et braquer votre véhicule en vous demandant de faire une commission à l'intéressé…

Machine fut parcourue d'un frisson. Poutine l'avait donc suivie, épiée… pendant combien de temps ? Se tenait-il derrière les volets clos de la maison de Louis lorsqu'ils s'envoyaient en l'air…

— Je connais son adresse ! 82, rue de la Libération à Cognac

— À la bonne heure ! Voilà qui va nous aider. J'imagine que vous avez également le téléphone de ce monsieur ?

Machine sortit son portable. Elle tremblait, dans un sentiment mêlé d'angoisse et de légère honte. Elle afficha la fiche du contact de Louis sur son mobile.

— Ah mais il a un nom de famille, ce monsieur !

Machine dut expliquer au gendarme que non, Tinder n'était pas un nom de famille, mais un simple moyen mnémotechnique qu'elle utilisait pour identifier Louis. Elle avait dans son téléphone les coordonnées de quelques membres de la famille Tinder ainsi que d'autres de la famille Meetic, une branche cadette de la même dynastie.

— Et vous n'arrivez pas à le joindre, m'avez-vous dit. À quand remonte votre dernière rencontre ?

Machine reprit son agenda : c'était mardi. Depuis, silence radio, mais elle n'avait pas cherché à lui parler avant le vol de sa voiture. En réalité, c'était depuis hier seulement qu'elle n'avait pas de ses nouvelles.

Le Gendarme Boutry, sans rien laisser paraître, gambergeait pour tenter d'analyser la situation. L'affaire n'était pas banale : un braquage de voiture en plein jour avec des méthodes dignes du grand banditisme. De deux choses l'une : soit la jeune femme était bien naïve, soit elle était la complice de ce « Louis Tinder ». Il en aurait le cœur net. Pas cet après-midi, il était en intervention avec ses collègues, mais il était de permanence demain matin et il prendrait le temps de l'appeler. Il relut avec Machine sa déposition avant de la faire signer et de la reconduire à la sortie. Par acquit de conscience, il nota le numéro de la plaque minéralogique de la Mégane qui quittait le parking.

33

Saint-Martin-de-Ré
Vendredi 28 juin 2019
19 heures

« On récapitule ». Mathilde reprenait le dossier à tête reposée dans les bureaux déserts de la gendarmerie de Saint-Martin. L'euphorie de l'après-midi était retombée. Les découvertes faites grâce aux enregistrements vidéo apportaient finalement autant de questions que de réponses. Rien de définitif, rien d'irrévocable. Pas l'ombre d'une avancée sur le modus operandi. Qui avait tenu la gâchette ? Quelqu'un avait-il donné l'ordre d'appuyer sur la même gâchette ? Anikine, c'était qui ce type, il allait falloir fouiller. Et cette question qui trottait dans sa tête : qu'est-ce que Pierre Hénaut venait faire dans l'île de Ré le soir du meurtre ? Il était reparti le lendemain. Sa voiture était passée devant les caméras à 10 h 20 du matin. Sa présence coïncidait avec l'arrivée de la victime et son assassinat. Hasard ou nécessité ?

Elle attendit que ses subordonnés quittent le bureau avant de remettre l'ouvrage sur le métier. Elle s'était peut-être un peu emballée cet après-midi. Emportée par l'enthousiasme de la sœur du mari, elle s'était convaincue d'avoir démêlé l'écheveau, mais un rapide passage en revue des informations à sa disposition montrait qu'elle ne savait principalement rien. Il fallait qu'elle pose devant elle les pièces du dossier.

Elle sortit une feuille A3 du copieur et entreprit d'y inscrire les différents éléments en sa possession. Elle dessina au beau milieu une patate qu'elle intitula « Claire Mosnier ». Elle esquissa deux flèches vers la droite, la première vers le mari, la seconde vers l'amant. En haut, elle inscrivit le nom de Pierre Hénaut, et les heures de son arrivée et de son départ de l'île.

Elle considéra son œuvre et jugea qu'elle aurait besoin de plus de place du côté gauche. Elle retourna la feuille et recommença en faisant glisser la patate « Claire Mosnier » légèrement vers la droite. Elle recopia consciencieusement les informations du recto, ajoutant un point d'interrogation à côté de Pierre Hénaut. Elle entreprit ensuite de noircir le côté gauche de sa feuille. Elle inscrivit en haut le nom de Valmont. En dessous, elle nota « bio » et « Bien d'Ici » dont elle visita le site Internet. Au milieu, elle écrivit Devon, madame Boulard et Anikine, avec ses heures de passage au pont. En bas elle marqua le nom de Jamet et de Certagro.

Tels étaient les éléments en sa possession. Pas de quoi fouetter un chat dirait certainement le Capitaine de Surmon. Mathilde avait cependant l'intime conviction de se tenir devant les pièces qui lui permettraient de reconstituer le puzzle : encore fallait-il trouver le bon assemblage. L'assemblage est un art subtil, réservé aux initiés, les gens du cognac en savent quelque chose. Peut-être manquait-il seulement un morceau pour donner à l'ensemble sa cohérence…

Elle se mit à dessiner des flèches entre les différents protagonistes. Quels liens pouvait-elle établir entre les uns et les autres ? Hénaut se reliait à la victime et au mari. Le mari se reliait à l'amant, l'amant à la victime. L'amant et Hénaut n'avaient pas de connexion, du moins pas de connexion que Mathilde connaisse. Valmont et Devon se reliaient facilement, de même que Devon et Anikine. Par syllogisme, on pouvait relier Valmont et Anikine. Cet Anikine ne devait pas avoir de vie numérique, Mathilde ne trouvait rien à son sujet sur Internet. Elle envoya un mail à ses collègues de la Brigade de Burie. Puisqu'il habitait là-bas, peut-être pourraient-ils lui fournir des éléments ? Valmont se reliait aussi avec Jamet. Et alors ?

Pour relier Jamet à Claire et parfaire le « cercle de la culpabilité » – Mathilde se souvenait de ses cours de criminologie – il fallait donner foi aux propos tenus par le mari et sa sœur. Ce qu'ils lui avaient expliqué cet après-midi semblait se tenir. C'est d'ailleurs le propre des théories du complot que d'offrir une explication définitive et cohérente du monde qui dispense celui qui l'écoute de tout effort d'intelligence. Elle devait reprendre les éléments du dossier dont ils lui avaient laissé une copie. Elle pourrait appeler également ce François Loriot, le collègue de la victime. Il fallait surtout expliquer la voiture de Pierre Hénaut. La négliger, c'était se priver d'une piste, car un autre cercle apparaissait clairement sur le papier : celui entre le mari, la femme et Hénaut.

Elle se repoussa en arrière sur sa chaise en laissant échapper un soupir. La vérité se tenait devant elle, cachée quelque-part sous un trait de crayon, mais tout cela était un peu brumeux. Mathilde tenait deux pistes à explorer, le crime crapuleux, la thèse qu'elle privilégiait depuis le début et le crime passionnel. Elle devait garder la tête froide, un scandale ne faisait pas un meurtre. Antoine Mosnier aurait pu commanditer le meurtre de Claire auprès de Pierre Hénaut, cet homme qu'elle avait trouvé très bien renseigné – voire trop bien – lorsqu'elle l'avait croisé aux obsèques de la victime. Mais pour quelle raison le mari coupable serait-il venu à la gendarmerie cet après-midi pour relancer l'enquête ? Voulait-il détourner l'attention de la gendarmerie parce que l'homme de main menaçait de le faire chanter ? Était-ce le culot ? L'hubris ? Quant à Pierre Hénaut, pouvait-elle le relier à d'autres protagonistes de l'affaire ? Il pouvait avoir ses propres raisons d'en vouloir à la victime… Mathilde attrapa son mobile.

— Allô. Monsieur Hénaut ? Bonsoir monsieur. Majore Labat de la gendarmerie de Saint-Martin-de-Ré…

La soirée était belle. L'air doux apportait par la fenêtre entr'ouverte de son bureau l'odeur de la mer : maintenant que rendez-vous était pris pour le lendemain matin avec Pierre Hénaut, Mathilde eut envie d'aller flâner sur le port.

34

Saint-Palais-sur-Mer
Samedi 29 juin 2019
9 h 30

Louis Jamet s'emmerdait ferme à Saint-Palais-sur-Mer. Hier au soir, il avait pris les enfants à la sortie de l'école et taillé vers la maison familiale de la rue de la forêt. Il y serait seul avec les drôles tout le week-end.

Ça n'avait pas trop mal roulé, mais il était de mauvais poil, Louis Jamet. À croire que tout le monde s'était entendu pour lui pourrir la vie. D'abord son ex lui avait rappelé que le droit de garde, c'était jusqu'au dimanche 18 heures, et pas 14 heures, et qu'il serait bien gentil de respecter un minimum la décision du juge, et qu'à raison d'une fois tous les quinze jours, ça ne devait pas être la mer à boire que de passer un peu de temps avec ses enfants, voire même ça devrait lui faire plaisir, comme ça faisait plaisir à tous les papas, à tous les gens normaux, à tous les gens pas égoïstes, et patati et patata... Elle était comme ça son ex. Chiante. Tout ça parce que les quatre ou cinq dernières fois qu'il avait eu les enfants, il les avait déposés un peu plus tôt. Il les aimait les enfants, bien sûr, mais enfin, les enfants dans les pattes le week-end, ça voulait dire pas de gonzesse. Oui, il était comme ça Louis, il avait des principes. Il s'obligeait à ne pas présenter ses conquêtes à ses enfants. Et l'autre, son ex, qui disait qu'il était égoïste : elle en avait de bonnes quand même celle-là !

Il aurait bien chopé, Louis Jamet, ce week-end. Ça l'aurait détendu. Il avait des problèmes, et pas qu'un peu. Valmont lui avait collé une pression maximum lors de leur réunion de mercredi. Il avait repris dans les dents les ratés de l'inauguration de Barbezieux. L'autre voulait lui sucrer des budgets, il le sentait bien, et Louis n'avait plus aucune prise sur Valmont. Maintenant que le problème de la journaliste était résolu, il le prenait de haut. Ce n'était pas le Valmont nerveux et tremblotant qu'il avait vu le jour où cette empêcheuse de tourner en rond était venu le voir, lui, Louis, dans ses bureaux. Ce soir-là, Valmont ne tenait pas en place. Il avait les mains moites, il suait comme un porc. C'était tout ce qu'il était Valmont : un porc. Un goret avec des petits yeux et un dragon de femme. Il aurait dû le filmer ce fameux soir. Il fallait le voir, Valmont ! Il bredouillait, il pétochait, il se faisait dessus ce salopard. Et qui avait été là, encore une fois, pour régler le problème ? Louis. Toujours Louis ! Cela le révoltait de voir maintenant Valmont prendre des airs de grand seigneur, le regarder de haut et menacer de tailler dans les budgets ! Sur le coup, il aurait dû en profiter, pousser son avantage et lui faire signer des contrats d'assistance commerciale pour chacun de ses points de vente, à Valmont. Ce n'est qu'après qu'il aurait pris en main le dossier de la journaliste. Enfin, qu'il aurait appelé son père. Mais non, encore une fois, il avait encore été trop gentil, trop altruiste, Louis ! *Fais du bien à un chien et il te chie dans la main,* résuma-t-il in petto.

Bon sang, qu'il était de mauvais poil ! Assis à la terrasse de Chez Bob, il tournait nerveusement sa cuiller dans son café sans sucre en fulminant intérieurement. Il fit un signe distrait à ses enfants qui lui montraient quelque chose, un truc, il ne voyait pas bien d'ici, il ne savait pas ce que c'était que ce truc, encore une trouvaille de gosse, genre méduse échouée ou poisson mort, en fait, il s'en foutait un peu, il avait des problèmes, ils ne pouvaient pas comprendre, les drôles. Son Porsche Macan faisait du bruit. Depuis hier soir. À la sortie de Saintes, sur la 2x2 voies, il s'était mis à faire du bruit, une sorte de cliquetis. Et le garage qui était fermé le samedi. « Les emmerdes, ça vole toujours en escadrille ». Son père répétait à l'envi que Chirac avait atteint avec cette phrase le summum de sa pensée politique. Il devait avoir raison. Mais pourquoi s'acharnaient-elles sur lui en ce moment, les emmerdes ?

Louis ne tenait pas en place. Il tripotait son portable. Les messages des appels en absence de Machine n'étaient toujours pas effacés. Machine. Tiens, encore une qui était devenue chiante. Peut-être pas chiante, mais collante. Qu'est-ce qu'il avait fait Louis, pour mériter ça ? C'était quoi ces façons d'appeler, d'envoyer des textos « Rappelle-moi » ? Il n'était pas à ses ordres. Elle avait même laissé des messages vocaux. Louis ferma les yeux et visualisa son dernier déjeuner avec Machine. Il se radoucit. Il leva un pouce vers ses enfants pour les féliciter... de quoi, il ne savait pas, il ne voyait rien depuis sa chaise, mais ils avaient l'air content les drôles. Les déjeuners avec Machine... Louis se décida à interroger son répondeur, elle lui racontait peut-être des trucs salaces, ça le détendrait.

Il saisit l'appareil qui se mit à vibrer au même moment et décrocha sans le vouloir. Le numéro n'était pas enregistré. Encore un emmerdeur, à tous les coups. Il porta le combiné à l'oreille. Une légère pointe d'accent du sud-ouest. La gendarmerie de Burie... ? C'était quoi ce truc ?

35

Burie
Samedi 29 juin 2019
10 heures

Le Gendarme Boutry finissait de noter le nom de son rendez-vous de mardi. Il avait espéré tout au long de leur conversation téléphonique avoir le bon interlocuteur en ligne : il ne pouvait bien entendu pas lui en demander confirmation. La voix au bout du fil semblait plutôt jeune. La pointe d'impatience du début de leur conversation avait laissé place à quelque chose comme de l'incrédulité. Il n'avait pas l'accent des petites frappes qui vous parlent de respect pour mieux vous mépriser. Le type avait osé demander comment la gendarmerie avait eu son numéro. Il avait répété plusieurs fois qu'il ne comprenait pas pourquoi lui : quels piètres comédiens, ces escrocs qui jouaient la surprise… Des gamins qu'on prenait la main dans le pot de confiture et qui vous juraient leurs grands dieux que non, ils n'y étaient pour rien et n'avaient rien à voir dans tout cela. Depuis toutes ces années, le Gendarme Boutry en avait vu passer quelques-uns. Il l'avait écouté poliment en pensant : « Ben oui, mon coco, ta petite copine se fait braquer sa voiture en plein jour et tu te demandes pourquoi la gendarmerie t'appelle... » Il était resté ferme pour que l'entrevue ait lieu rapidement. L'autre n'avait pas trop résisté. Au moment de noter le rendez-vous, le Gendarme Boutry joua finement : « je vais reprendre l'orthographe de votre nom de famille... » Il épela les lettres pour être sûr de ne pas commettre d'erreur : « Le J de Julie, A, M de Maurice, E, et T de Thierry. JAMET. Louis votre prénom ? » Ouf, c'était bien un Louis au bout du fil. « Merci monsieur. Je vous attends mardi 2 juillet à 16 heures à la Brigade de Burie ».

Le Gendarme Boutry reposa le combiné. Louis Tinder avait maintenant un nom : Louis Jamet. Qui était ce type ? C'était quoi, sa spécialité ? Que bricolait-il, que trafiquait-il qui vaille qu'on prenne ses proches pour cible ? Ses proches, la formule était sans doute exagérée pensa le gendarme qui esquissa un sourire en revoyant l'air gêné de la jeune femme qu'il avait reçue hier au moment où il lui avait demandé le nom de famille de son amant...

Son jeune collègue pianotait sur Internet. Il avait trouvé trois Louis Jamet à Cognac et alentour. Le prénom et le nom étaient plutôt répandus. Lequel de ces homonymes leur rendrait visite mardi ? À moins que le type ne vienne pas et se carapate d'ici-là. Ils décidèrent ensemble de pousser jusqu'à l'adresse confiée par la plaignante, histoire de voir à quoi ressemblait l'endroit, et rassemblèrent leurs affaires.

— Au fait, tu as vu le mail des collègues de Saint-Martin ?

— Saint-Martin ?

— L'île de Ré.

— Non, c'est arrivé quand ?

— Hier soir. Son collègue tendit au Gendarme Boutry le mail imprimé. Une Majore de la Brigade nous demande des renseignements sur un type qui habite Burie. Regarde le nom.

— Anikine. 8 rue du Levant à Burie.

— Ça te parle ?

— Connais pas. Ni le gars ni l'adresse. Et toi ?

— Moi non plus.

Le gendarme activa son GPS. La rue du Levant était presque sur leur route.

— Elle nous demande si on a des informations sur l'individu, et aussi de vérifier s'il habite bien à l'adresse. C'est celle indiquée sur la carte grise du véhicule. Elle insiste pour qu'on soit prudent et discret, dossier a priori très sensible.

— C'est quoi le véhicule ?

— Berlingo. Couleur blanche avec des traces d'autocollant sur les flancs.

À l'instant où Louis Jamet blêmissait après avoir écouté les messages de Machine, la Mégane de la gendarmerie de Burie s'engageait dans la rue du Levant. Le Berlingo était là, garé à cheval sur le trottoir, côté impair de la rue. La plaque d'immatriculation correspondait au véhicule décrit par la Majore de Saint-Martin. Un type sortit d'une maison en face, sans doute le numéro 8 car il s'engageait pour traverser la rue en déclenchant l'ouverture à distance du Berlingo dont les clignotants s'actionnèrent en chœur. La Mégane de la gendarmerie freina pour laisser le type traverser.

— Merde, on avait dit discret.

— Oui, enfin je ne vais pas l'écraser sous prétexte qu'il peut nous repérer. On peut aussi passer par là. On fait comme si de rien n'était.

L'homme tourna le visage vers le véhicule de la gendarmerie. Un grand type. Des cheveux blancs, coupés en brosse. Des yeux bleus, très bleus. Un bleu un peu délavé. Un visage taillé à coups de serpe. « Une vraie tête de tueur ». Les propos de Machine résonnèrent instantanément dans l'esprit du Gendarme Boutry. Il fixa le texte de l'e-mail de sa collègue de l'île de Ré. Le propriétaire du Berlingo s'appelait Anikine. Dmitri Anikine. Avec un nom comme ça, il pouvait avoir un accent russe.

— Rentre à la Brigade. On appelle Saint-Martin.

À Burie, le cœur du Gendarme Boutry battait plus vite que d'habitude.

À Saint-Palais-sur-Mer, celui de Louis Jamet aussi.

36

Mercredi 3 juillet 2019
13 h 30

Machine avait reconnu Dmitri sur le champ. C'était bien lui qui avait braqué sa voiture. Elle était formelle. « Vous ne trouvez pas, vous, qu'il a une tête de tueur ? » Le Gendarme Boutry avait reconnu que la description de Machine sonnait juste, même s'il n'appréciait ni les préjugés ni les raccourcis. Machine n'avait pas hésité une seconde. « Vous êtes bien sûre que c'est lui ? Vous l'avez vu principalement de profil, et puis sous le coup de la panique, votre discernement a pu être altéré... » Que voulait-il dire le gendarme : qu'elle était folle, Machine ? Mais flûte alors, si elle lui disait que c'était lui, c'était lui ! Elle en aurait mis sa tête sur le billot. Pas tous les jours qu'on croise des têtes comme ça, ni des types qui viennent vous piquer votre voiture... pour mieux vous la rendre après.

Avant-hier, Machine avait eu la surprise de trouver son Audi A3 garée à sa place devant son bureau, la clé sur le contact : dingo ! Drôle de type, ce Poutine : vous menacer à l'arme blanche pour partir avec votre bagnole avant de vous la rapporter. Toute propre, sans une égratignure, la jauge du réservoir avait à peine bougé. Depuis ses déboires de la semaine passée, Machine avait entendu des tonnes d'histoires de vols de voitures, souvent racontées avec force détails et conviction par des gens à qui ça n'était pas arrivé mais qui connaissaient des gens à qui c'était arrivé. Les quelques fois où les véhicules volés avaient été retrouvés, ils étaient dans un piètre état : habitacle vandalisé, sièges lacérés, vitres cassées, carrosserie enfoncée, peinture rayée, quand la bagnole n'était pas simplement carbonisée... Les victimes auraient préféré ne jamais retrouver leurs voitures plutôt que les récupérer dans ces états. Mais là, non ! Poutine devait être un authentique maniaque, dans tous les sens du terme.

Le Gendarme Boutry raccompagna Machine vers la sortie. Il lui glissa que le nom de son ami était Jamet. Louis Jamet. Machine rosit un peu et remercia le gendarme, mais dorénavant, elle s'en foutait pas mal de son nom, à l'autre : quel cuistre, quel mufle ! Machine prit le chemin de son travail. En roulant, elle pensait à cette invraisemblable mésaventure. Que ferait-elle de sa plainte ? Devait-elle la retirer ? Poutine n'allait pas passer le reste de ses jours en prison pour ça. Il risquait de lui en vouloir. Il pourrait essayer de se venger, enfoncer la lame de couteau pour de bon ou bien partir définitivement avec sa voiture, ou les deux à la fois. Ça l'angoissait un peu, tout ça. Elle inspectait maintenant minutieusement les alentours avant de monter dans sa voiture. Elle attendait qu'un collègue parte pour ne pas se retrouver seule sur le parking. Elle enclenchait la condamnation des portières dès qu'elle grimpait en voiture, sans attendre de démarrer. Pourtant, elle n'était pas du genre trouillard, d'habitude, Machine, mais après une agression comme ça, elle accusait le coup. C'était qui, Loulou pour avoir des ennemis comme ça ? C'était quoi, son truc, pour qu'on vienne le menacer par personne interposée ? Machine ne voulait plus entendre parler de Louis.

Machine était au volant. Le Gendarme Boutry appela la Majore Labat. Oui, cette personne était formelle. C'était Dmitri Anikine qui avait braqué sa voiture. Le même qui lui avait délivré un message qu'elle devait répéter à Louis : « une comme celle-ci suffirait ». Lequel Louis s'appelait Louis Jamet.

Mathilde remercia chaleureusement son collègue et raccrocha. Elle était tout excitée. Elle ressortit son schéma de l'autre soir. Elle traça la flèche qui reliait Jamet à Anikine : ce cercle de culpabilité fonctionnait parfaitement. Elle venait de poser la dernière pièce du puzzle, et l'assemblage était parfait. Elle avait résolu sa première affaire criminelle !

Elle alla trouver sur le champ le Capitaine de Surmon qui modéra l'enthousiasme de sa jeune subordonnée. Certes, le dossier était étayé et les faisceaux d'indices convergeaient vers le trio Valmont/Jamet/Anikine, mais il fallait soutirer des aveux aux protagonistes pour ne pas risquer le désastre judiciaire. Il n'y avait rien de pire que cela pour l'avancement.

37

Cognac
dimanche 28 juillet 2019

À deux pas du centre-ville, la maison Martell offre aux visiteurs un magnifique toit-terrasse, un roof-top en bon français, sur lequel ils peuvent tranquillement siroter un verre ou simplement admirer les toits de tuiles et les océans de vignes qui entourent la ville. Antoine sortit de l'ascenseur et fit le tour du lieu. Installé sur un canapé, Pierre buvait un « Oléron », cognac, mezcal, sirop de céleri, citron vert et ginger beer. « Délicieux. Tu bois quelque chose, Antoine ? Oui, un cocktail aussi pourquoi pas, tant qu'il n'y a pas de pruneaux dedans ». Pierre sourit à l'évocation de leurs récentes aventures.

Ça y est ! Louis Jamet, Benoît Valmont et l'homme de main dormaient en prison. Ils avaient été placés sous mandat de dépôt suite à leur audition.

La gendarmerie avait joué finement. La Majore avait convoqué les trois suspects sans les confronter directement. Ça n'avait pas été simple de faire jaillir la vérité. Le Russe était une tombe. Valmont et Jamet étaient coriaces, de vrais professionnels du mensonge et de la dissimulation. Ils avaient monté un circuit remarquablement organisé pour contourner la réglementation. L'enquête qui s'ouvrait allait permettre de mieux en comprendre le mécanisme. D'après les premières informations, une partie de la production non-bio de Benoît Valmont réintégrait les magasins Bien d'Ici, sous forme de produits bio importés d'Espagne ou d'Italie, deux pays où les critères ne sont pas ceux qui prévalent dans le reste du monde.

Pendant l'interrogatoire, les gendarmes avaient passé leur temps à naviguer de l'un à l'autre, rapportant des propos imaginaires pour tenter de les faire parler. Jamet avait craqué le premier. La gendarmette n'avait pas tout raconté, mais à un moment elle y était allée au bluff. « Dmitri a parlé », avait-elle lâché. Jamet s'était emporté. Il avait hurlé, traité le Russe de tous les noms, Valmont de « goret à petits yeux » et conclu par un « j'aurais pas dû demander à papa ». Une fois le moment de stupeur passé, il s'était rendu compte qu'il s'était coupé. Trop tard.

La gendarmerie pensait qu'il pouvait exister une connexion entre Jamet père et le Russe, mais elle se heurtait à un mur. Ledit Jamet avait déclaré profondément regretter les errements de son fils. Il en était triste mais pensait que le pauvre diable avait perdu les pédales en jetant son nom en pâture pour tenter de l'entraîner dans cette histoire sordide. Quant à l'homme de main, il s'agissait d'un ancien des services spéciaux russes, rompu à toutes les techniques d'interrogatoires et d'intimidation. Il était inflexible et n'avait pas intérêt à balancer Jean-François Jamet qui lui était plus utile comme député de la majorité présidentielle que comme codétenu. C'était dégueulasse, mais Antoine n'avait pas l'étoffe d'un justicier. Maintenant, il savait. C'était la seule raison pour laquelle il s'était lancé avec Vanessa et Pierre dans cette folle enquête. On avait remué assez de merde comme ça. Il fallait retrouver la paix.

— Pierre ?

— Oui.

— Le soir où tout est arrivé, on a vu ta voiture rentrer sur l'île de Ré, cinq minutes après la nôtre. Tu venais faire quoi sur l'île ? Pourquoi tu ne m'avais pas dit que tu étais là-bas, toi aussi ?

Pierre rougit à peine. Oui, il était bien venu sur l'île de Ré ce fameux jour. Cela lui avait même valu une convocation à la gendarmerie de Saint-Martin. Pierre avait appelé Claire le jour de leur départ pour l'île. Il lui avait dit qu'il passerait les voir pendant le week-end si cela ne les dérangeait pas. Pierre venait en émissaire. Il s'apprêtait à rejoindre les rangs de l'équipe de Morgan Berger, un jeune loup de la droite modérée qui avait toutes ses chances pour prendre la mairie de Cognac l'an prochain. Gourinchas, le maire sortant qui venait de faire deux mandats, ne se représenterait pas. Au moment où Claire était encore là, Gourinchas ne l'avait pas annoncé officiellement, mais c'était un secret de polichinelle. Pierre allait certainement prendre la direction de la campagne de Morgan Berger. Il avait besoin de constituer une équipe. Il voulait des gens intègres, bosseurs, fiables. C'était ce dont il aurait voulu parler à Claire, ce funeste week-end. Il avait fait la route la veille pour éviter les bouchons du lendemain. Il en avait profité pour voir un ami, Jean, ancien rédacteur en chef du *Phare de Ré*, le journal local, chez qui il avait passé la nuit. Le matin du 31 mai, il était venu jusqu'au terrain avec des chocolatines. Quand il avait vu les gyrophares et les banderoles de la police, il avait garé sa voiture. Un badaud l'avait averti du drame. Il était sonné, abasourdi. Il avait rebroussé chemin et prit la route du retour vers Cognac.

— Et toi, que vas-tu faire maintenant ?

Antoine regarda Pierre dans les yeux. Sa main droite tripotait quelque chose dans sa poche. Il en avait de bonnes, Pierre ! Qu'allait-il faire maintenant ? Mais vivre, pardi ! C'était quoi ce truc au bout de ses doigts ? Un peu mince pour être une pièce. Il détaillait à l'aveugle le morceau de métal. Vivre, il n'avait pas le choix. Pour Gisèle. Pour lui, il n'avait pas encore tranché la question. Il sortit l'objet de sa poche. C'était la médaille de baptême de la petite qu'il avait glissée là, l'autre après-midi. Il eut l'impression de voir la Sainte Vierge lui faire un clin d'œil.

— Finalement, je crois que je sais ce que je vais faire : on va rentrer à la maison avec Gisèle.

Avec le soutien de Ciclic - Région Centre-Val de Loire

Les éditions La Bouinotte bénéficient du soutien de
la Région Centre-Val de Loire,
de l'État (DRAC Centre-Val de Loire) et de Ciclic

36 000 Châteauroux – www.labouinotte.fr
Achevé d'imprimer sur les presses de Présence Graphique (Indre-et-Loire)
Dépôt légal : juillet 2024